双葉文庫

はぐれ長屋の用心棒

幼なじみ

鳥羽亮

JN166164

目次

幼なじみ　はぐれ長屋の用心棒

第一章　道場主

一

アアアッ……。

華町源九郎《はなまちげんくろう》は、両手を突き上げて伸びをした。布団代わりに体に掛けていた掻巻《かいまき》が、座敷の隅に放り出してある。

源九郎の着ていた小袖は、ひどく乱れていた。襟は開《はだ》け、胸や腹が露《あらわ》になっていた。裾はひろがり、薄汚れた褌《ふんどし》が覗《のぞ》いている。

源九郎がいるのは、長屋の自分の家だった。昨夜ひとりで遅くまで茶碗酒を飲み、着替えもせずに、そのまま寝てしまったのだ。

源九郎は還暦に近い老齢だった。長屋で独り暮らしをしている。そのため、あまり身装《みなり》には構わなかったのだ。

鬢《びん》や髷《まげ》には白髪が目立ち、丸顔ですこし垂れ目である。茫洋《ぼうよう》としてしまりのない顔付きだが、老いは感じさせなかった。胸が厚く、どっしりした腰だった。剣術の稽古《けいこ》で鍛えた体である。

源九郎の家は、五十石の御家人だった。源九郎が五十代半ばのころ、妻が病死した。そして、倅《せがれ》の俊之介《しゅんのすけ》が嫁を貰《もら》って華町家を継いだこともあり、家を出て長屋で独り暮らしを始めたのだ。

生業《なりわい》はお定まりの傘張りだが、稼ぎだけでは食っていけず、華町家からの合力で何とか暮らしていた。

「五ツ（午前八時）過ぎになるな」

源九郎が、戸口の腰高障子に目をやって呟《つぶや》いた。初秋の陽が、腰高障子で眩《まぶ》しいほどにかがやいている。

源九郎は開けた襟だけを合わせると、座敷から土間に降りた。取りあえず、顔だけでも洗おうと思ったのだ。

源九郎は井戸端まで行こうかとも思ったが、面倒なので、土間の脇にある流し場で水瓶《みずがめ》の水を小桶に汲んで顔を洗った。そして、手拭いで顔を拭いているとき、近付いてくる足音がした。ふたりらしい。

足音は戸口でとまり、

「華町の旦那、いますか」

と、お熊《くま》の声がした。

お熊は源九郎の斜向《はす》かいに住んでいた。助造《すけぞう》という日傭《ひよう》取りの女房である。四十代半ばだが、子供はなく夫婦ふたりだけで暮らしている。

お熊は樽のように太り、色気などまったくなかった。ただ、心根は優しく、面倒見がよかった。独り者の源九郎には何かと気を使い、ときどき残りものの飯や菜《さい》などを持ってきてくれる。

一瞬、源九郎は、握りめしでも持ってきてくれたかな、と期待したが、足音はふたりだった。何か別の用があって来たらしい。

「いるぞ、入ってくれ」

源九郎が声をかけた。

すると、腰高障子があいて、お熊と武士がひとり入ってきた。羽織袴姿の老齢の武士である。

武士は、足が悪いようだ。敷居を跨《また》いで土間に入るとき、右足を上げるのが苦しげだった。

「堂本《どうもと》さまと、井戸端で顔を合わせてね。旦那の家まで案内したんですよ」

お熊が口早に説明したところによると、井戸端で水を汲んでいるときに、路地木戸から入ってきた武士に、「華町源九郎どのの家は、どこかな」と訊《き》かれ、ここまで案内してきたという。

「華町、おれだ。忘れたか」

老齢の武士が、笑みを浮かべて言った。

「堂本孫兵衛《まごべえ》か！」

源九郎は思い出した。

子供のころ、屋敷が近かったこともあり、よくいっしょに遊んだのだ。屋敷といっても華町家は小禄《しょうろく》の御家人だったし、堂本家は親が牢人だったので、屋敷の外で遊んだ。幼馴染みといってもいい。

それだけでなく、源九郎と堂本は蜊河岸《あさりがし》にある鏡新明智流《きょうしんめいちりゅう》の道場で同門でもあった。御家人の家に生まれた源九郎は、十一歳のとき、桃井春蔵《もものいしゅんぞう》の士学館《しがくかん》に入門した。その頃、堂本も入門し、共に稽古に励んだのだ。

ところが、堂本は入門して三年ほどすると、士学館をやめてしまった。源九郎は他の門人から、堂本の父親は鏡新明智流の遣い手で剣の修行で諸国をまわっていたが、江戸にもどり町道場をひらいたと聞いた。その門人の話によると、堂本は父親の下で稽古に励み、いずれ道場を継ぐのではないかという。

その後、源九郎は二十代半ばで、師匠の勧める縁談を断って居辛くなり、そのころ家督を継いだこともあって、道場をやめてしまった。

「華町、久し振りだな」

堂本が懐かしそうな顔をして言った。

「まったくだ。会わなくなって、ずいぶん経つからなァ」

源九郎はそう言って、改めて堂本の顔を見ると、老いてはいたが、若い頃の面影が残っていた。

「華町、あの頃とあまり変わらんな」

「お前もな」

源九郎と堂本が顔を見合って話していると、そばにいたお熊が、

「家にいるから、何かあったら声をかけておくれ」

と、言い残し、腰高障子をあけて出ていった。土間に立っていると、ふたりの話の邪魔になると思ったらしい。

「ともかく、掛けてくれ」

源九郎は、上がり框《がまち》に腰を下ろさせた。座敷に上げたくとも、まだ掻巻が放り出してあったのだ。

「実は、華町に頼みがあって来たのだ」

堂本が声を改めて言った。

「頼みとは」

源九郎は堂本の脇に腰を下ろした。

「道場の師範代になってくれんか」

堂本が源九郎の顔を見つめて言った。

「お、おれが、道場の師範代だと！」

思わず、源九郎は声を上げた。

「そうだ。実はな。二十年ほど前、おれは父親の道場を継いだのだ」

「おぬしが道場主になったことは知っている」

源九郎はそう言った後、

「師範代は、既にいるのではないか」

と、訊いた。道場に師範代がいないとすれば、何かの都合で師範代だった男がやめたか、亡くなったかであろう。

「いや、師範代だけでなく、道場主も兼ねてもらいたい」

堂本が、源九郎を見つめて言った。

「道場主だと！　いったいどういう訳だ」

源九郎は驚いた。突然、長屋暮らしの還暦に近い男に、道場主になれというのだ。

「見たとおり、おれは足が悪く、剣術の指南をするのは無理だ。かといって、父から継いだ道場を閉めたくない」

「その気持ちは、分かるが……」

源九郎は、おれのような年寄りに、道場主はできない、と胸の内で声を上げた。

「そう長い間ではない。倅の竜之助《たつのすけ》が、帰ってくるまででいいのだ」

「竜之助どのは、どこへ行っているのだ」

源九郎は、堂本に倅がいることは聞いていたが、名も何をしているかも知らなかった。

「廻国修行だ」

堂本によると、竜之助は三年ほど前、己の剣を磨くために廻国修行の旅に出たという。

「三、四年でもどると話していたので、近いうちに江戸にもどるはずだ」

と、堂本が言い添えた。

「倅がもどるまで、堂本が道場主をつづけたらどうだ」

「俺は無理だ。……華町は同じ鏡新明智流だし、腕もたつ。頼む、いまの俺には、華町の他にいないのだ」

そう言って、堂本は深く頭を下げた。

「ともかく、道場で稽古の様子を見させてくれ」

源九郎は、道場の門弟のなかにも、腕のたつ者がいるのではないか、と考えた。

二

源九郎と堂本は長屋を出ると、竪川《たてかわ》沿いの通りにむかった。長屋は相生町《あいおいちょう》一丁目にあったのだ。大家は伝兵衛《でんべえ》だった。伝兵衛店《だな》と呼ばれている。

堂本の話だと、道場は大川《おおかわ》を渡った先の御徒町《おかちまち》にあるという。御徒町は武家屋敷のつづく広い町だが、堂本道場は町人地の神田松永町《かんだまつながちょう》に近い場所にあるそうだ。

源九郎と堂本は竪川沿いの通りに出ると、西にむかい、大川にかかる両国橋《りょうごくばし》を渡って両国広小路《ひろこうじ》に出た。両国広小路は江戸でも名の知れた賑やかな通りで、様々な身分の老若男女が行き交っていた。

このところ雨が降らなかったせいもあり、砂埃《すなぼこり》が立ち、白い靄《もや》のように視界を遮《さえぎ》っていた。そのなかで、男女の話し声、物売りの客を呼ぶ声、子供の泣き声、笑い声……。様々な声が、飛び交っていた。まさに、騒音の坩堝《るつぼ》のようである。

ふたりは賑やかな両国広小路を抜け、神田川沿いの通りに出た。そこは川沿いに柳が植えられ、柳原通り《やなぎはらどお》りと呼ばれている。

ふたりは柳原通りを西にむかい、神田川にかかる和泉橋《いずみばし》を渡った。渡った先が、佐久間町《さくまちょう》二丁目である。

「この先だ」

堂本が先にたち、橋のたもとから北に延びる通りに入った。そして、松永町の町人地を過ぎると、武家地になった。通り沿いに、小身《しょうしん》の旗本や御家人の屋敷がつづいていた。この辺りから、御徒町である。

御徒町に入ると、すぐに左手の路地に入った。そして、一町ほど歩くと、路地沿いに道場らしい建物があった。建物の側面が板壁になっていて、武者窓があることから剣術道場と知れた。大きな剣術道場だが、だいぶ古かった。それに、傷んでいるらしく、板壁の板が垂れ下がっている場所もある。

道場の前まで行くと、道場のなかから男の話し声が聞こえた。何人もいるらしい。門弟たちであろう。

「稽古か」

源九郎が堂本に訊いた。

「そうだ」

堂本によると、午前中の稽古は五ツ（午前八時）ごろから始め、一刻《いっとき》（二時間）ほどだという。また、午後は決まった稽古の時間はなかったが、道場はあけてあり、門弟たちが来て自主的に稽古してもいいことになっているそうだ。

源九郎は堂本といっしょに、道場内に入った。門弟たちの姿があった。道場内に散らばって、木刀の素振りをしたり、隅で話したりしている。

門弟たちは源九郎と堂本の姿を見ると、慌てて道場の両端に寄って座した。二十人ほどであろうか。稽古途中で休みをとっていたらしく、門弟たちの稽古着が汗に濡れていた。

道場の正面に、師範座所があった。その脇に、稽古着姿の女がひとり座っていた。まだ、十三、四と思われる娘である。

「娘のさよでござる」

堂本が、師範座所の脇に座している娘に目をやって言った。堂本によると、妻女は五年ほど前に亡くなり、さよが家事をやってくれているという。

堂本は源九郎を伴ってさよのそばに行き、

「話しておいた華町どのをお連れした」

と言って、源九郎のことを簡単に紹介した。

さよだけでなく、道場内に座している門弟たちも真剣な顔をして堂本の話を聞いている。

「華町源九郎でござる」

源九郎は門弟たちにも聞こえる声で言った。

堂本は源九郎の紹介を終えると、

「華町どのは、わしとあまり変わらぬ歳だが、鏡新明智流の達人だ。木刀を合わせてみれば、すぐに分かる」

　と、声を大きくして言い添えた。

　門弟たちのなかで、ざわめきが聞こえた。

　……すこし、大袈裟《おおげさ》だな。

　源九郎は胸の内で呟いたが、笑みを浮かべたまま黙っていた。

　そのとき、さよが源九郎を見上げ、

「わたしにも、指南してください」

　と、言って、頭を下げた。

「い、いや、指南といってもな。……そうだ、いっしょに稽古しよう。おれも、まだまだ未熟なのでな」

　源九郎が声をつまらせて言った。

　すると、源九郎の脇に立っていた堂本が、

「稽古を始める！」

　と、門弟たちに声をかけた。

　門弟たちのなかから、「はい！」という声が聞こえ、一斉に傍らに置いてあった木刀を手にして立ち上がった。

この時代、流派や道場によっては、防具を着けて竹刀《しない》で打ち合う稽古もおこなわれていたが、堂本道場ではまだ木刀を遣っての形稽古が中心だった。

ただ、木刀を遣って、真剣勝負さながらに打ち合う稽古もおこなわれることがあった。そのときは、防具として、革袋に布や綿などを詰めた物を頭にあてがい、紐《ひも》を顎にまわして縛って固定する。

この日、源九郎は門弟たちを相手に、構えや打ち込みの決まった形稽古を行った。道場内に木刀を打ち合う音、気合、床を踏む音などがひびき、耳を聾《ろう》するほどになった。

道場内で稽古をつづけていると、「頼もう！」という声が、戸口の方から聞こえた。その声で、道場内の稽古の音がやんだ。門弟たちは、木刀を手にしたまま道場の戸口の方に目をやっている。

「道場破りだ！」

源九郎のそばにいた門弟のひとりが声を上げた。

すると、門弟たちの間から、「道場破りだ！」「繁山《しげやま》たちだぞ！」などという声が聞こえた。

源九郎が道場の戸口の方へ目をやると、三人の武士の姿が見えた。三人とも、小袖にたっつけ袴姿だった。腰に大小を帯び、手に剣袋を持っていた。剣袋には、刀でなく木刀が入っているのではあるまいか。

門弟たちは、すぐに道場内の両脇に分かれて座した。そして、師範座所の近くに立っている源九郎、堂本、さよの三人に目をやっている。門弟たちのどの顔にも、不安そうな色があった。

三

「きゃつら、道場破りだ」

堂本が、道場に入ってきた三人に目をやって言った。

さよは、木刀を手にしたまま睨《にら》みつけるように三人の武士に目をやっている。

「何者か、分かるか」

源九郎が訊いた。

「ひとりは、この道場の門弟だった男だ」

堂本が顔をしかめ、「しばらく、道場の師範代をやっていた繁山弥九郎《やくろう》だ」と小声で言った。

三人の男は道場のなかほどに来ると、肩幅のひろいがっちりした体軀《たいく》の男が、

堂本に目をむけ、

「一手、御指南を仰ぎたい」

と言って、口許に薄笑いを浮かべた。

「断ったら」

堂本が訊いた。

「表の看板をいただいていく。堂本道場は、看板を失って門を閉めることになるな」

肩幅のひろい男が言った。

すると、道場の両脇に座していた門弟のひとりが、

「おれが、相手になる」

と、声を上げ、傍らに置いてある木刀を手にして立ち上がった。

「木島《きじま》、やるか」

堂本が声をかけた。

「はい！」

木島と呼ばれた男は、木刀を手にしたまま三人の武士の前に立った。歳は二十四、五であろうか。大柄な男である。道場の門弟たちのなかでは、年上らしい。

兄弟子なのだろう。

すぐに、堂本、源九郎、さよの三人は、身を引いた。そして、師範座所の前に座した。

木島と対峙《たいじ》した肩幅のひろい男が、

「中西源八郎《なかにしげんぱちろう》、一刀流《いっとうりゅう》を遣う」

と、名乗った。

「鏡新明智流、木島吉之助《よしのすけ》」

木島が声高に名乗った。

ふたりは、防具をまったく身に着けていなかった。手にしているのは、木刀だが真剣勝負とあまり変わらない。頭を強打されれば、頭蓋が砕けて命を落とすだろう。

中西と木島は向かい合って一礼した後、三間半ほどの間合をとって対峙した。

「いくぞ！」

「オオッ」

中西と木島が声を掛け合い、木刀を構えた。

ふたりとも構えは青眼である。間合は、およそ三間半——。まだ、一足一刀の斬撃の間境の外である。

ふたりは全身に気勢を漲《みなぎ》らせ、打ち込んでいく気配を見せて気魄《きはく》で攻め合っていた。

かすかに、木島の木刀の先が揺れた。中西の気魄に押されたようだ。その一瞬の隙を中西がとらえた。

中西は摺《す》り足で木島との間合をつめると、イヤアッ！　と裂帛《れっぱく》の気合を発し、青眼から真っ向へ打ち込んだ。

咄嗟《とっさ》に、木島は木刀を振り上げて、中西の打ち込みを受けた。だが、体勢が崩れていたため、木島は後ろへよろめいた。

すかさず、中西は踏み込みざま、二の太刀を袈裟に払った。

カツン、と乾いた音がひびき、木島の木刀が叩き落とされた。咄嗟に、木島は後ろへ逃げた。

中西はさらに踏み込んで、木刀を打ち込もうとした。

「待て！」

源九郎が、木刀を手にして立ち上がった。

中西は足をとめ、源九郎に体をむけた。源九郎の動きを察知したらしい。

源九郎が中西に近付くと、何を思ったのか、さよも木刀を手にして源九郎についてきた。さよの目がつり上がり、木刀を摑んだ手が震えている。

源九郎は足をとめ、さよに目をやった。

「華町さま、次はわたしが！」

さよが、甲走《かんばし》った声で言った。

源九郎は胸の内で、何と、気丈な娘だ、と思ったが、

「いや、さよどのには、検分役を頼む。おれが、後れをとるようなことになったら、堂本どのの許しを得てから立ち合ってくれ」

と、穏やかな声で言った。

「は、はい」

さよは、足をとめた、源九郎の穏やかな声を聞き、昂《たかぶ》った気持がいくぶん収まったようだ。

源九郎は中西の前に立つと、

「堂本道場の門弟、華町源九郎でござる。お相手、仕《つかまつ》る」

そう言って、木刀を両手で持ち、いつでも構えられる体勢をとった。

中西は戸惑うような顔をしたが、

「木島の次は、爺さんか」

と嘯《うそぶ》くように言って、手にした木刀を構えた。

ふたりの間合は、およそ三間――。源九郎は青眼に構えると、木刀の先を中西の目にむけた。対する中西も、青眼に構えている。

中西が驚いたような顔をし、慌てて半間ほど身を引いた。年寄りと見て侮《あなど》っていた源九郎の構えには隙がなく、木刀の先が眼前に迫ってくるような威圧感があったのだ。

ふたりは、対峙したまま動かなかった。ふたりとも全身に気勢を漲らせ、打ち込みの気配を見せて気魄で攻め合っている。

ふたりとも動かなかったが、中西の切っ先がかすかに震えていた。源九郎の気魄に押されていたのだ。

「いくぞ！」

源九郎が先《せん》をとった。青眼に構えたまま、趾《あしゆび》を這《は》うように動かし、ジリジリと中西との間合を狭《せば》めていく。

中西は身を引いた。源九郎の気魄に押されて、対峙していられなくなったらしい。

ふいに、中西の足がとまった。門弟たちが座している場に近付き、それ以上下がれなくなったのだ。

源九郎は動きをとめず、中西との間合を狭めていく。

ふたりの間合が、一足一刀の斬撃の間境に迫ったとき、ふいに中西の全身に打ち込みの気配がはしった。

イヤアッ！

中西が裂帛の気合を発し、青眼から真っ向へ木刀を打ち込んだ。

刹那《せつな》、源九郎の体が躍り、右手に跳びざま木刀を横に払った。一瞬の太刀《たち》捌《さば》きである。

次の瞬間、源九郎の木刀が、中西の腹を強打した。

グワッ！

中西は呻《うめ》き声を上げ、左手で腹を押さえてうずくまった。

「胴、一本！」

さよが、声を上げた。

四

道場の脇に座していた門弟たちからどよめきが起こり、すぐに源九郎に対する称賛の声に変わった。

道場の出入り口近くに座していた繁山ともうひとりの武士は、驚愕《きょうがく》に目を剝《む》いて源九郎を見つめていた。年寄りと侮っていた源九郎の腕のほどを目の当たりにして、言葉を失っている。

「次は、おぬしか」

源九郎が、繁山に木刀の先をむけて言った。

「お、おのれ！」

繁山は傍らに置いてあった木刀を摑《つか》んだが、立ち上がろうとはしなかった。体が、かすかに顫えている。

もうひとりの痩身の武士も、脇に置いてあった木刀を摑んだが、立ち上がる気配はなかった。顔に恐怖の色がある。

「華町といったな」

繁山が言った。

「いかにも」

「堂本道場と、どのような関わりがあるのだ」

「今日から、門弟になったのだ。いつでも相手になるぞ」

源九郎が言った。

「華町、このままでは済まぬぞ」

そう言って、繁山が立ち上がった。

「繁山、この道場で稽古に励んだころのことを忘れたのか」

堂本の声には、怒りの響きがあった。

「忘れた。いまは、己の剣のために動いている」

繁山はつづいて立ち上がった痩身の武士とふたりで、道場の隅で腹を押さえているいる中西の両腕を持ち、引き摺るようにして戸口にむかった。

三人の姿が消えると、道場内にいた門弟たちから源九郎に対する称賛の声と、逃げ出した三人に対する罵声《ばせい》が聞こえた。

源九郎が木刀を手にして、繁山たちが逃げた戸口の方に目をやっていると、堂本とさよが近付いてきた。

「華町、見事だ！」

堂本が、源九郎に声をかけた。

「いや、相手が年寄りと侮ったせいだ。下手をしたら、わしの方が打ちのめされていたかもしれん」

「そんなことはない。繁山とやっても、華町が勝っていたはずだ」

堂本が言うと、そばに立っていたさよがうなずいた。さよの顔に、何か眩しいものでも見るような表情があった。

「むろん、相応の礼はする」

堂本はそう言った後、道場の両側に座して、源九郎たちに目をやっている門弟たちに顔をむけ、

「華町どのと、今後の稽古のことで相談するのでな。みんなは、稽古をつづけてくれ」

と、声をかけた。

すると、門弟たちは木刀を手にして立ち上がり、稽古を始めた。稽古に活気があった。門弟たちの気合は大きく、先程より動きも迅《はや》いように思われた。源九郎と中西の立ち合いを見て、刺激されたのだろう。

「華町、母屋に来てくれ」

そう言って、堂本が先に立った。

道場の師範座所の脇に、引き戸があった。その戸をあけると、柱を立てただけの屋根があり、地面に飛び石が置かれていた。その先に、母屋がある。道場から飛び石をたどって、出入りできるようになっているようだ。

堂本は、縁側のある座敷に源九郎を案内した。

「父上、お茶を淹《い》れます」

そう言い残し、さよは座敷から出ていった。

さよの足音が遠ざかると、

「華町の御蔭で助かったよ」

堂本が、ほっとした顔で言った。

「今日、道場に来た三人は、これまでも来たことがあるようだな」

源九郎は、堂本道場の師範代だった繁山という男がいたので、これまでも三人は道場破りに来たことがあるような気がしたのだ。

「ある。今日で、二度目だ」

堂本によると、一度目は半年ほど前で、そのときはそれほど足も悪くなかったし、門弟たちも多かったので、何とか追い返すことができたという。

「そうか」

源九郎も、いまの堂本では、今日来た三人を追い返すことはできなかっただろう、と思った。

「だが、これで済むとは思えぬ。あの三人を裏で操っている者がいるかも知れん」

堂本が言った。

「そうかも知れん」

今日来た三人は、ただの道場破りではない、と源九郎はみた。

「それで、華町に改めて頼む。竜之助が廻国修行から帰るまで、道場に来て門弟たちに指南してくれぬか。そして、あの三人の目的も探ってほしい」

「しかし、わしも食っていかねばならんからな」

源九郎が、声をひそめて言った。

「むろんただではない。華町たちが、界隈《かいわい》でどう呼ばれ、何をしているか承知している」

堂本は、そう言って立ち上がると、座敷の奥の神棚に手を伸ばした。堂本が手にしたのは、袱紗《ふくさ》包みだった。

堂本は袱紗包みを手にしてもどると、

「切餅がふたつある。これで、長屋の仲間たちにも話してもらえまいか」

と言って、袱紗包みを源九郎の膝先に置いた。

切餅ひとつは、二十五両だった。切餅は、一分銀百枚を紙で方形に包んだものである。一分銀四枚が一両なので、切餅ひとつで二十五両。ふたつで、五十両である。

堂本が口にした長屋の仲間は、はぐれ長屋の用心棒と呼ばれる男たちである。源九郎の住む伝兵衛店は、はぐれ長屋とも呼ばれていた。その道から挫折した職人、その日暮らしの日傭取り、大道芸人、食い詰め牢人などのはぐれ者が多く住んでいたからである。

また、源九郎たちは長屋で起こった事件に関わるだけでなく、商家に用心棒に雇われたり、勾引《かどわ》かされた娘を助け出して礼金を貰《もら》ったりしてきた。人助けと用心棒を兼ねたような仕事をし、余禄を得て暮らしをたててきたのだ。そうしたことがあって、源九郎たちのことをはぐれ長屋の用心棒などと呼ぶ者がいた。源九郎も、用心棒のひとりである。

「わしの一存で、引き受けるわけにはいかないが、仲間たちに話してみよう」

そう言って、源九郎は袱紗包みに手を伸ばした。

五

「うむ……」

菅井紋太夫《すがいもんだゆう》は、将棋盤を睨みながら低い呻き声を漏らした。

源九郎が堂本道場に出掛けた翌日だった。源九郎が長屋の家にいると、菅井が将棋盤を抱えてやってきたのだ。

菅井は五十がらみ、総髪が肩まで伸びている。痩身で頰がこけ、肌が浅黒かった。貧乏神や死神を連想させる不気味な顔をしていた。その顔が、将棋盤を睨んで呻き声を上げたため、紅潮して赤く染まり、赤鬼を思わせるような顔になった。

菅井はふだん両国広小路で、居合抜きを観せて口を糊《のり》していた。大道芸ではあるが、居合の腕は本物だった。菅井は、田宮流《たみやりゆう》居合の達人だったのである。

菅井は無類の将棋好きだった。雨が降って、居合抜きの見世物に出られないときは、決まって将棋盤を抱えて源九郎の家にやってくるのだ。

今朝は、晴天だった。それなのに、菅井が源九郎の家に来たのは、昨夜、源九

郎が菅井の家に行き、

「話があるので、明朝、おれの家に来てくれ」

と、頼んだからだ。源九郎は、菅井の他にも話したい男がいた。その男の都合もあって、朝にしたのだ。

そのとき、菅井が、

「行ってもいいが、将棋が指せるか」

と、訊いた。見世物に出られないのなら、将棋を指そうと思ったらしい。

「将棋を指しながらでもかまわん」

源九郎が言うと、

「それなら、行く」

そう言って、菅井はニンマリした。

源九郎と菅井の間に、そうした経緯があって、源九郎の家で将棋を指していたのだ。

「勝負、あったかな」

源九郎は、あと十手ほどで菅井は詰むのではないかと思った。

「華町、この飛車、待ってくれ」

菅井が将棋盤を睨みながら言った。

「待つことはできん。……菅井、将棋は真剣勝負と同じだぞ。斬られそうになったとき、真剣勝負の相手に、待ってくれと言えるか」

「言えぬが……。ならば、この手だ」

菅井は、王を後ろに下げた。なんのことはない。ただ、王手から逃れただけである。

「勝負は見えたな」

源九郎は、王の前に金を進めた。王手、飛車取りである。王を逃がしても、すぐに逃げられなくなる。

「うむ……」

菅井は低い唸《うな》り声を上げて、将棋盤を睨んでいたが、

「もう一局だ！」

と、叫びざま、駒を掻《か》き交ぜてしまった。

「もう一局だけだぞ」

そう言って、源九郎が駒を並べ始めた。

そのとき、戸口に近寄ってくる下駄の音がし、腰高障子があいた。姿を見せた

のは、安田十兵衛《やすだじゅうべえ》である。

「おお、やってるな」

安田は、勝手に土間から座敷に上がってきて、将棋盤に駒を並べている源九郎と菅井に目をやった。

源九郎は安田に目をやり、

「ふたりに、話があるのだ」

と、声を改めて言った。源九郎が昨日、話しておいたのは安田である。

安田は、一刀流の遣い手だった。源九郎は、剣術道場の揉《も》め事なら安田のように剣の腕のたつ男が、役にたつと思ったのだ。それに、安田もはぐれ長屋の用心棒と呼ばれる男のひとりである。

安田がはぐれ長屋に越してきて、まだ一年ほどしか経っていなかった。女房子供はなく、独り暮らしである。

安田は御家人の冷や飯食いだった。兄が嫁を貰い、家に居辛くなって長屋に越してきたのだ。これといった生業はないので、金がなくなると口入れ屋で仕事をみつけ、何とか暮らしている。

「どんな話だ」

安田が訊いた。菅井は、黙したまま駒を並べている。

「実は、昨日、昔同門だった堂本という男が長屋に姿を見せてな、御徒町にあるやつの道場まで、行ってきたのだ」

そう前置きし、源九郎は昨日の出来事をかいつまんで話した。

「それで、おれたちは何をすればいいのだ」

安田が訊いた。

菅井は将棋盤に駒を並べていたが、その手がとまっていた。将棋好きの菅井も源九郎の話が気になったようだ。

「おれは、ただの道場破りではないとみている」

源九郎が言った。

「そうかもしれんな」

「道場破りの背後には、何者かがいて指図しているような気がするのだ」

「話してくれ」

安田は興味をもったらしく、身を乗り出すようにして訊いた。菅井の手もとまったままである。

「まだ、何も摑んでいないのだ。……道場破りに来た者たちを探ってみれば、見えてくるかもしれん」

源九郎が言った。

「孫六たちにも話して、探ってみたらどうだ」

菅井が将棋盤から目を離して言った。源九郎の話に興味を持ったらしい。

「それも考えたが、相手は道場破りでな。いずれも武士だ。それに、平気で人を斬る男たちでな。迂闊《うかつ》に手が出せない」

源九郎が眉を寄せて言った。

はぐれ長屋に住む源九郎の仲間は、七人いた。この場にいる三人と、茂次《しげじ》、孫《まご》六《ろく》、平太《へいた》、三太郎《さんたろう》の四人である。四人とも、武士ではなかった。いずれも町人で、女房や家族もいる。それで、源九郎は茂次たち四人に声をかけなかったのだ。

安田と菅井も、渋い顔をして口をつぐんでいる。いっとき三人は、黙り込んでいたが、

「どうだ。これから、三人で堂本道場の近所で聞き込んでみないか。そやつらが、ただの道場破りでないなら、何か裏があるはずだ。様子が知れてから、茂次たちに話すかどうか決めればいい」

と、安田が言った。

「そうするか」

源九郎も、このまま堂本道場にかかわるより、様子を摑んでからの方がいいと思った。

「よし、将棋は後だ」

珍しく、将棋好きの菅井が将棋盤の上の駒を自分から片付け始めた。

六

源九郎、菅井、安田の三人は、はぐれ長屋を出ると、賑やかな両国広小路を経て柳原通りに入った。そして、神田川にかかる和泉橋を渡った。

源九郎たちは橋を渡った先の佐久間町二丁目から御徒町に入り、前方に堂本道場が見えるところまで来て、足をとめた。

「あれが、堂本道場だ」

源九郎が指差して言った。

「稽古をしているようだな」

安田が小声で言った。

道場から、気合や木刀を打ち合う音などがかすかに聞こえてきた。門弟たちが、稽古をしているようだ。

「この辺りで、話を聞いてみるか」

源九郎が言った。

「三人で、いっしょに訊きまわるのか。……どうだ。この場で分かれて、一刻《いっとき》(二時間)ほどしたら、集まることにしたら」

安田が、源九郎と菅井に目をやって言った。

「それがいいな」

源九郎も、三人で別々に聞き込みにあたった方が埒《らち》が明くとみた。

源九郎はひとりになると、武士の姿の多い、表通りにもどった。剣術道場のことなので、武士の方が知っているとみたのだ。

この辺りは武家地ということもあって、武家屋敷が多かった。御家人や小身の旗本らしい武士が通りかかる。

源九郎は何人もの供を連れた武士は、避けることにした。足をとめて、まともに話してくれないだろうし、出仕している旗本は剣術道場に縁がないだろうと思ったのだ。

源九郎が路傍に立ってしばらくすると、通りの先にふたりの若侍の姿が見えた。ふたりは、何やら話しながら歩いてくる。

源九郎はふたりの若侍が近付くのを待って、

「お待ちくだされ」

と、声をかけた。

「それがしたちで、ござるか」

大柄な男が、源九郎に訊いた。旗本か御家人の子弟らしい。羽織袴姿で、二刀を帯びている。

「お訊きしたいことがござって」

源九郎が腰をかがめて言った。

「何を訊きたいのです」

大柄な男が言った。もうひとりは、痩身だった。やはり羽織袴姿で、二刀を帯びている。

「わしの孫が、元服を終えましてな。剣術の稽古をさせようと、道場を探しておるのです。……この先に、剣術道場がありますな」

そう言って、源九郎は堂本道場のある方を指差した。

「堂本道場ですか」

大柄な男が言った。

「どうです、評判は」

源九郎が声をひそめて訊いた。

「評判ですか……」

大柄な男は、言いにくそうな顔をし、脇に立っている瘦身の男に目をやった。

「評判は、あまりよくないですよ」

瘦身の男が素っ気なく言った。

「よくないですか」

源九郎が聞き返した。

「道場が古いですからねえ。……それに、道場主が年寄りと聞きました」

そう言って、瘦身の男はチラッと源九郎に目をむけた。源九郎が年寄りだったからだろう。

「年寄りは、駄目ですか」

源九郎が肩をすぼめて訊いた。

「い、いいえ。剣術を指南するひとがいないと聞きましたよ。道場主は足が悪いらしいし、師範代は道場を出てしまったようだし」

「道場は潰《つぶ》れますかね」

　源九郎が訊いた。

「いや、潰れることは、ないと思いますよ」

　そう言って、痩身の男は傍らに立っている大柄な男に目をやった。

「御徒町は武家地がひろく、旗本や御家人の屋敷が多いのです。剣術を習いたい者も大勢いますからね。……多少、評判は悪くとも、遠方に通うよりは近場の道場の方がいいと思って、入門する者もいるはずです」

　大柄な男はそう言うと、「それがしたちは、急いでおりますので、これで」と言い置き、痩身の男とともにその場を離れた。

　ひとりになった源九郎は、付近を歩き、通りかかった話の聞けそうな武士を呼び止めて堂本道場の噂を訊いた。

　これといった話は、聞けなかった。先に訊いたふたりの武士と同じようなことを口にしただけである。

　源九郎が菅井たちと別れた場所にもどると、ふたりは路傍に立って待っていた。

「すまん、待たせたか」

源九郎が、ふたりに目をやって言った。

「いや、おれたちも来たばかりだ」

菅井が「歩きながら、話すか」と言って、表通りに足をむけた。

源九郎は菅井につづいて歩きながら、

「わしから話す」

と言って、ふたりの若侍から聞いたことを一通り話した。

「おれも、耳にしたのは同じようなことだが、ひとつ気になることがある」

安田が言った。

「気になることとは」

源九郎が、安田に顔をむけて訊いた。

「堂本道場の近くに、大きな道場が建つという噂があるようだ」

「なに、大きな道場が建つだと」

思わず、源九郎が聞き返した。

「そうだ。……堂本道場を壊して建て直すのか。別に、新たな道場を建てるのか。おれに話した男も、知らないようだ」

「堂本どのは、そんな話はしてなかったぞ」

源九郎が言った。

「堂本どのは、新たな道場が建つことをあまり気にしてないのかな」

安田が、「ただの噂か」と呟いた。

すると、源九郎と安田のやり取りを聞いていた菅井が、

「おれも、新しい道場の話は耳にしたぞ」

と、口を挟んだ。

「どんな話だ」

「いや、安田が話したのと同じだ。新たな道場を建てるという噂だけではないかな。おれに話した男も、だれが建てるのか知らなかったからな」

「そうか」

源九郎は、単なる噂ではないような気がした。何者かが、堂本道場に取って代わろうとしているのではあるまいか。

七

源九郎は御徒町に新しい道場を建てるという噂を耳にした翌日、長屋に住む七

人の仲間を集めることにした。茂次、孫六、平太、三太郎は、剣術道場にあまり縁がなかったが、道場を建てようとしている者が何者なのか探ることはできると思った。それに、源九郎の懐には、堂本から貰った五十両があった。源九郎、菅井、安田の三人だけで山分けするのは、心苦しかったのだ。

七人の男が集まったのは、本所松坂町《ほんじよまつざかちよう》にある亀楽《きらく》という飲み屋だった。源九郎たちは、自分たちがかかわった事件の話をするときは、亀楽と決めていたのだ。

亀楽は、源九郎たち七人にとって都合のいい店だった。あるじの元造《もとぞう》は気のいい男で、源九郎たちが頼むと店を貸し切りにし、他の客を入れないようにしてくれた。

元造は酒肴《しゆこう》を出すと、奥にひっ込んでしまい、源九郎たちは自分の家のように気楽に話すことができたのだ。

それに、平太の母親のおしずが亀楽に手伝いに来ていて、源九郎たちのために何かと便宜をはかってくれた。おしずも、源九郎たちの話の邪魔にならないように、酒肴を出し終えると、板場に引っ込んでしまう。

源九郎は酒と肴《さかな》がとどき、元造とおしずが奥に消えるのを待ち、

「話は、一杯やってからだな」

と、銚子を手にして言った。

そして、脇に腰を下ろしていた孫六に、

「孫六、一杯やってくれ」

と言って、孫六の手にした猪口《ちょく》に酒を注いでやった。

「すまねえ。……こうやって、長屋のみんなと飲む酒はうめえからな」

孫六は、満面に笑みを浮かべて言った。

他の五人の男も、近くにいた仲間と酒を注ぎ合って飲み始めた。どの顔にも、笑みが浮いている。

源九郎は、仲間たちが酒を注ぎ合って飲むのをしばらく眺めてから、

「わしの家に、堂本という武士が訪ねてきたのは知っているな」

と、切り出した。堂本が長屋に来たとき、お熊が源九郎の家まで案内したので、お熊の口から長屋の住人の耳に入っているはずだ。

「知ってやす」

若い平太が言うと、茂次、孫六、三太郎の三人もうなずいた。

平太はまだ若く、十五、六の若者だった。亀楽を手伝っているおしずとふたり

で、はぐれ長屋に住んでいる。

平太は足が速く、すっとび平太と呼ばれていた。急ぎの連絡や遠方まで物を届ける折など、平太ほど役にたつ男はいない。

平太は鳶《とび》だったが、栄造《えいぞう》という岡っ引きの手先でもあった。孫六は若いころ岡っ引きだったので、栄造のことを知っていた。それで、平太を紹介したのである。

「何か、いい話がありましたかい」

孫六が目を細めて訊いた。

孫六は七人の仲間のなかでは、もっとも年上だった。還暦はとうに過ぎている。孫六は無類の酒好きだったが、長屋でいっしょに住む娘夫婦に子供がいることもあって気兼ねし、家では酒を飲まないようにしていた。それで、こうやって長屋に住む仲間たちと亀楽で酒を飲むのを楽しみにしていたのだ。

「実は、堂本どのに頼まれたことがあってな。これまで、菅井と安田の手を借りて動いていたが、どうも三人だけでは、手が足りない」

源九郎は、孫六、平太、茂次、三太郎の四人に目をやって言った。

「旦那、話してくだせえ」

黙って聞いていた茂次が、身を乗り出すようにして言った。

茂次は研師《とぎし》だった。茂次は刀槍を研ぐ名の知れた研師に弟子入りしたのだが、師匠と喧嘩して飛び出してしまった。その後、茂次は長屋にもどり、路地裏や他の長屋などをまわり、包丁や鋏《はさみ》を研いだり、鋸《のこぎり》の目立てなどをして暮らしていた。いまは、お梅《うめ》という女房とふたりで長屋に住んでいる。

「まだ、はっきりしたことは分からないが、堂本どのの道場を潰そうとしている者がいるようなのだ」

源九郎は、堂本道場のそばに別の道場を建てるにしても、その狙いは堂本道場に通う門弟たちを取り込むことにあるとみていた。門弟たちが新たな道場に流れれば、堂本道場はやっていけなくなる。

「それで、あっしらは何をやればいいので」

茂次が訊いた。

「堂本道場を潰そうとしている者は何者なのか、つきとめてほしい」

源九郎が、その場にいる男たちに目をやって言った。

「旦那、あっしらには難しい仕事ですぜ」

それまで、黙って聞いていた三太郎が口を挟んだ。

三太郎は、顔が妙に長かった。頬がこけて顎が張っている。瓢簞《ひょうたん》のような顔である。

三太郎の生業は、砂絵描きだった。砂絵描きは、染め粉で染めた砂を色別に小袋に入れて持ち歩く。そして、人通りの多い寺社の門前や広小路などで、地面に色砂を垂らして絵を描き、見物人に投げ銭を貰う大道芸人である。三太郎も、はぐれ者のひとりといっていいだろう。

「いまのところ、道場の近くで噂話を聞き込むだけでいい。武士ではなく、町人に訊いてくれ」

源九郎が三太郎たちに目をやって言った。いま、道場近くで武士に話を訊くのは危険である。だれが、敵側か分からないのだ。敵が何者か知れたら、武士ではない孫六たち四人にも、やってもらうことがあるはずだ。

次に口をひらく者がなく、その場が急に静かになった。いっとき、猪口の酒をすする音や肴を食べる音などが聞こえていたが、

「ヘッヘヘ……。それで、お手当ては」

と、孫六が目を細めて訊いた。だいぶ、酒がまわってきたらしく、顔が赭黒《あかぐろ》く染まっている。

「むろん、ただではない」

源九郎はそう言って、懐から袱紗包みを取り出した。

その場にいた男たちの目が、いっせいに袱紗包みに集まった。

源九郎が、おもむろに袱紗包みを解いた。

「切餅がふたつだ！」

「五十両だぞ！」

平太と茂次が、つづけて声を上げた。

孫六と三太郎は目を剝いて、ふたつの切餅を見つめている。

「これをみんなで分けるつもりだ。七人で六両ずつ分けると、八両残る。……どうだ、その八両を、今後の飲み代にしたら」

源九郎たちは、手にした金を仲間たちで分ける場合、半端な金を飲み代として取っておくことにしていた。全部分けてしまうと、その夜の飲み代も払えなくなるのだ。

「それでいい」

孫六が両手を擦りながら言うと、その場にいた男たちも、すぐに同意した。

「では、ひとり当たり、六両だ」

源九郎はそう言って、切餅の紙を破り、一分銀を六両ずつ男たちの前に置いた。

男たちの間から、「ありがてえ!」「これで、しばらく金の心配はしなくてすむな」「孫に、玩具《おもちゃ》でも買ってやるかな」などという声が聞こえた。

源九郎は、男たちが自分の取り分を巾着《きんちゃく》や財布にしまうのを待ち、

「今夜は、金の心配はしないで、好きなだけ飲んでくれ」

と、声をかけた。

第二章　攻防

一

……雨か。

源九郎は、掻巻《かいまき》に包《くる》まっていた。昨夜、亀楽で仲間たちと遅くまで飲んだ後、長屋に帰り、着替えるのが面倒なので、そのまま寝てしまったのだ。

長屋の屋根を打つ雨音が聞こえた。源九郎は体にかけていた掻巻から首だけ伸ばして、腰高障子に目をやった。明るくなっている。五ツ（午前八時）ごろではあるまいか。

……さて、起きるか。

源九郎は掻巻から出ると、帯を解《と》いて小袖を着直した。そして、流し場に行って小桶に水を汲んだ。顔を洗おうと思ったのだ。

源九郎が顔を洗い終え、手拭いで顔を拭いていると、ピシャピシャと泥濘《ぬかるみ》を歩いてくる足音が聞こえた。

源九郎はその足音に聞き覚えがあった。菅井らしい。

足音は戸口で止まり、「華町、起きてるか」と、菅井の声が聞こえた。

「起きてるぞ」

源九郎は声をかけてから、座敷にもどった。座敷に放り出してある搔巻を畳んでいる間がないので、部屋の隅に押しやった。

腰高障子があいて、菅井が顔を出した。菅井は飯櫃《めしびつ》と将棋盤を抱えていた。

「また、将棋か」

源九郎が、呆《あき》れたような顔をして言った。

菅井は無類の将棋好きだった。雨の日や何か都合があって居合の見世物に出掛けられないときは、決まって源九郎の家に将棋を指しに来る。その際、自分で炊いためしを握りめしにして持ってくることが多かった。ふたりで握りめしを食いながら、将棋を指そうというのである。

「雨の日は、将棋と決まっているのだ」

そう言って、菅井は飯櫃と将棋盤を持ったまま座敷に上がってきた。

「仕方ない。将棋でも指すか」

源九郎はそう言ったが、「ちょうどいいときに、菅井が来た」と胸の内で呟《つぶや》いた。将棋はともかく、朝飯を炊かずに握りめしにありつけるのだ。

菅井は将棋盤を膝先に、飯櫃は将棋盤の脇に置いた。ふたりが手を伸ばせば、飯櫃のなかの握りめしが摑《つか》めるようにしたのだ。

菅井は懐から将棋の駒の入った小箱を取り出すと、

「さァ、やるか」

と言って、駒を将棋盤の上に並べだした。

「おれは、握りめしをいただくかな」

源九郎は、飯櫃のなかに入っている握りめしに手を伸ばした。

菅井は駒を並べ終えると、将棋盤を覗《のぞ》くように見て、

「やるぞ」

と、声を上げた。

「さて、いただくか」

源九郎は、握りめしを頰張り始めた。

ふたりが、将棋を指し始めて一刻（二時間）ほど経ったろうか。戸口に急いで近寄ってくる複数の下駄の音がした。

下駄の音は戸口でとまり、

「華町の旦那！　いますか」

と、お熊の昂《たかぶ》った声が聞こえた。

「いるぞ、入ってくれ」

源九郎が戸口にむかって声を上げた。

すると、腰高障子があけられ、ふたりの女が飛び込むような勢いで土間に入ってきた。お熊と堂本の娘のさよだった。さよの顔が強張《こわば》っている。

「は、華町の旦那、さよさんが！」

お熊が声をつまらせて言った。

源九郎は立ち上がり、さよのそばに行くと、

「さよ、どうした」

すぐに、訊《き》いた。

菅井も立ち上がり、源九郎のそばに来た。さすがに、将棋盤を前にして座ってはいられなかったようだ。

「ど、道場に、繁山たちが大勢で、踏み込んできて……！」

さよが、声を震わせて言った。

「堂本どのは、どうした」

「ち、父上は、母屋に逃げましたが、どうなったか」

さよが話したところによると、今日、門弟たちが朝稽古をしていると、いきなり繁山と中西が四人の仲間とともに道場に押し入ってきたという。

道場には堂本とさよ、それに門弟たちが二十人ほどいたそうだ。堂本は門弟たちに逃げるよう指示し、さよを連れて道場の裏手から外へ出た。

堂本は外へ出ると、さよに道場の脇から逃げて、源九郎に知らせるよう話したという。

「ち、父上は、母屋の裏手から逃げると言って行きましたが、その後どうなったか分かりません」

さよが、心配そうな顔で言った。

「行ってみよう」

源九郎が言うと、脇で話を聞いていた菅井が、

「華町は、さよとふたりで、道場へ駆け付けてくれ。おれは、安田や孫六たちに

話してから後を追う」

と、声高に言った。目がつり上がり、長髪が乱れて夜叉のような顔になっている。さすがに、菅井も将棋どころではないようだ。

「さよ、道場へ行くぞ」

源九郎が土間に降り、さよとともに戸口から出た。

菅井とお熊が、源九郎たちにつづいて外に出た。ふたりは、手分けして安田や孫六の家をまわるらしい。

源九郎とさよは竪川沿いの通りに出た後、賑やかな両国広小路を経て神田川にかかる和泉橋を渡った。そして、御徒町に入ってしばらく歩き、堂本道場の見えるところまで来た。

道場は静かだった。聞こえるはずの木刀を打ち合う音や門弟たちの気合などが、聞こえない。

「ち、父上は……」

さよが声を震わせて言った。

二

「道場へ行ってみよう」

源九郎がさよに声をかけ、先にたって道場にむかった。

道場に近付くと、なかから話し声が聞こえた。何人かの男たちの声だった。門弟たちであろう。

源九郎とさよは戸口まで来ると、

「父上がいます！」

さよが声を上げ、飛び込むような勢いで、土間から道場内に入った。

源九郎も、さよにつづいて道場内に入った。

道場には、稽古着姿の門弟が五、六人いた。その場に、堂本もいた。堂本の顔に、何かで斬られたような傷があったが、深手ではない。頬のあたりが血に染まっていたが、すでに出血はとまっている。

「父上！」

さよが、堂本のそばに走り寄った。

堂本はさよと源九郎を目にすると、門弟たちに顔をむけ、

「もう大丈夫だ。華町どのが来てくれた」

と、声をかけた。

門弟たちのなかにも、稽古着が切り裂かれ、顔や腕に青痣《あおあざ》や血の色のある者がいた。道場に押し入った者たちに襲われたらしい。

門弟たちのなかに、高弟の木島の姿があった。木島の顔にも、青痣ができていた。木刀で打たれたらしい。

「木島、どうしたのだ」

源九郎が木島に訊いた。道場内にいた木島なら、踏み込んできた者たちを知っているとみたのだ。

「し、繁山たちが、いきなり道場に踏み込んできて、稽古中の門弟たちに木刀で殴りかかったのです」

木島が、声を震わせて言った。つづいて話したところによると、踏み込んできたのは繁山と中西を頭格にする六人の若侍だという。六人は道場に入ってくると、いきなり門弟たちに木刀で殴りかかったそうだ。

「剣術の立ち合いでは、ありません。まるで、ならず者たちの喧嘩のようでした」

木島が、声を震わせて言った。繁山たちに襲われたときの、驚きと怒りが胸に蘇《よみがえ》ったようだ。

「門弟たちは、どうした。そのとき、道場にいたのは、ここに残っている者たちだけではあるまい」

源九郎が訊いた。道場内で、すくなくとも二十人ほどの門弟が稽古をしていたのではあるまいか。

「逃がしました」

木島によると、繁山たちが木刀を手にして踏み込んできたので、咄嗟《とっさ》に門弟たちを道場の裏手から逃がしたという。

「ここにいる門弟たちは、勇敢にも踏み込んできた繁山たちに立ち向かったのです」

そう言って、負傷した門弟たちに目をやった。

「逃げずに、よく立ち向かったな」

源九郎は、門弟たちに声をかけた。それにしても、命にかかわるような深手を負わなくてよかった、と源九郎は思った。踏み込んできた繁山たちが、刀ではなく木刀を遣ったので、命にかかわるような深手を負わずに済んだのだろう。

源九郎は、傍らにいた堂本に目をやり、

「顔の傷は、木刀ではないな」

と、訊いた。

「刀だ。……わしには、刀でむかってきたのだ」

堂本によると、さよを連れて道場から出た後、すぐにさよに華町に知らせるように話し、その場から逃がしたという。

さよが逃げ、その姿が遠ざかったところに、繁山と仲間がふたり来て、堂本に襲いかかったそうだ。堂本は、手に武器を持っていなかったこともあり、ともかくその場から逃げようとした。

すると、仲間のひとりが、手にした刀で堂本に斬りかかった。咄嗟に、堂本は体を横に倒して刀から逃れようとした。だが、間に合わず、刀の先で頬を斬られたという。

堂本は逃げられないと観念し、

「斬り込んでこい。わしは、逃げぬ」

と言って、繁山の前に立った。

すると、繁山は、薄笑いを浮かべながら、

「おぬしを殺す気なら、初めからおれが斬っていた。同行した者にまかせたのは、おぬしを生かしておく気があったからだ」

　と、言ったという。

「どういうことだ」

　源九郎が堂本に訊いた。

「繁山たちは、わしを斬り殺してこの道場を奪えば、その後、この場で新しく道場をひらいても悪評がたち、門弟は集まらないとみているようだ」

　堂本が、悔しそうな顔をして言った。

「それで、道場破りを装ったり、門弟たちを木刀で襲ったりして、この道場を潰そうとしているのだな」

「そうみていい」

「勝手なことをさせるか」

　珍しく、源九郎の顔にも強い怒りの色があった。

　源九郎や堂本たちがそんな話をしているところに、菅井を始めはぐれ長屋の者たちが駆け付けた。菅井、安田、孫六、平太の四人である。茂次と三太郎は、長屋にいなかったようだ。

源九郎は、駆け付けた菅井たちに道場内であったことをかいつまんで話した後、

「孫六、平太、念のため、近所で聞き込んでくれ」

と、指示した。繁山たちが道場を出た後、どちらの方向にむかったかだけでも摑めれば、行き先をつきとめる手掛かりになる。

源九郎は道場内にいる門弟たちに目をやった後、

「堂本、木島だけ残して、道場に残っている門弟たちを帰してくれ」

と、声をかけた。

「そうしよう」

堂本は木島とふたりで門弟たちに声をかけ、戸口まで送って出た。門弟たちも木刀での打擲だけらしく、歩いて帰れるようだ。

三

道場内に残っていた門弟たちが戸口を出た後、源九郎たちは円を描くように道場の床に腰を下ろした。

「さて、どうする」

源九郎が男たちに目をやって訊いた。

「きゃつら、また来るだろうな」

堂本が言った。

「来るな。ここで、稽古をつづければ、まちがいなく来る」

「執念深いやつらだ」

菅井が顔をしかめた。般若《はんにゃ》のような顔になっている。

次に口をひらく者がなく、道場内は重苦しい沈黙につつまれたが、

「来るなら、逆手にとればいい」

安田が言った。

「逆手とは」

源九郎が、安田に目をやって訊いた。

その場にいた木島やさよの目も安田に集まっている。

「繁山たちが、この道場に乗り込んでくるときは、多くて六人だな」

安田が、木島に目をやって訊いた。

「そうだ。今日も、六人だった」

「それなら、道場で繁山たちが来るのを待っていて、討ち取ればいい。しばらく

の間、おれたちが道場に来ることにする」

　安田は、華町と菅井の名を挙げ、

「木島どのと、堂本どののもくわわってもらう」

　と、言い添えた。

「わたしも、父上といっしょに闘います」

　さよが身を乗り出して言った。

　すると、木島が、

「門弟たちのなかに腕のたつ桐山稲次郎《きりやまとうじろう》という男がいます。それがしが、桐山にも話しておきます」

　と、声を大きくして言った。

「たしかに桐山は腕がたつ。わしからも、話しておく」

　堂本が言った。

「これで、話は決まった。……繁山たちが二度と手が出せないように打ちのめしてくれよう」

　源九郎はそう言ったが、道場外で真剣勝負を挑み、繁山は斬り殺してもいいと思った。源九郎が斬れば、道場主の堂本や木島たち門弟がまきこまれることもなく、表沙汰《おもてざた》にならずに済むだろう。

　翌朝、まだ暗いうちに、源九郎、菅井、安田、平太、孫六の五人は、はぐれ長屋を出て堂本道場にむかった。茂次と三太郎もいっしょに来ると言ったが、長屋に残ってもらった。繁山たちとの闘いに加われない者を大勢連れていく必要はなかったし、長屋にも繁山たちの仲間が来ないとは言いきれないので、ふたりを残したのだ。平太と孫六は、見張りと連絡役として同行したのである。

　源九郎たちが道場に着くと、四人の姿があった。堂本、木島、さよ、それに剽《ひょう》悍《かん》な顔付きの若侍である。

「それがし、桐山稲次郎でござる。昨夜、お師匠からお話があり、まかり越しました」

　そう名乗って、桐山は源九郎たちに頭を下げた。

　源九郎たち五人も名乗った後、道場内に腰を下ろした。

「桐山はしばらく道場を離れているが、入門は木島と同じころでな。ふたりで、稽古に励んだものだ」

　堂本によると、桐山は旗本の次男だが、他家に養子にいく話があって、道場に通うのをやめていたという。

「繁山たちが踏み込んできても、後れを取るようなことはあるまい」

源九郎が言うと、菅井たちがうなずいた。

「あっしと平太は、見張りに立ちやしょう」

孫六がそう言い、平太を連れて道場から出た。通りの先の物陰に身を隠し、繁山たちが姿を見せたら、道場にいる源九郎たちに知らせるのである。

その日、道場の稽古に姿を見せたのは、数人の門弟だった。やはり、繁山たちに襲われたことで、門弟たちの足が遠のいたようだ。

源九郎、安田、それに桐山の三人が、新たに門弟たちの稽古にくわわった。菅井は居合なので、木刀や竹刀《しない》を遣っての稽古にはくわわらない。

稽古にきた門弟たちは、大いに喜んだ。腕のたつ何人もの男が指南してくれたからだ。

稽古が終わった後、道場主の堂本が、

「今日見えた華町どのたちは、明日も来てくれるのでな、いい稽古ができるはずだ。それに、道場破りが踏み込んできても心配ない。これだけ遣い手がいれば、返り討ちにできよう」

と、門弟たちに言った。

門弟たちの顔に、期待と安堵《あんど》の表情が浮いた。門弟たちの間から、明日も稽古に来ることや今日姿を見せなかった門弟たちに道場での稽古の様子を話す、との声が聞こえた。

その日、何事もなく無事に稽古を終え、門弟たちは道場を後にした。

翌朝、昨日と同じころ、源九郎たちは堂本道場に姿を見せた。そして、稽古を始めた。

門弟たちは、昨日の倍近く集まった。これまで、道場破りのことを懸念して姿を見せなかった門弟たちが、源九郎たちが道場破りを追い払ったことを耳にし、稽古に来たらしい。それに、新しく道場に顔を見せた安田や桐山とも稽古をしてみたかったのだろう。

源九郎、安田、桐山の三人が、道場の上座に並んで立つと、門弟たちは木刀を手にして源九郎たち三人の前に並んだ。門弟たちのなかには、さよの姿もあった。さよは小袖に襷《たすき》をかけ、裾を端折《はしよ》っていた。頭は、根結い垂れ髪である。手には木刀を持っていた。男たちにも負けない勇ましい姿である。

四

「稽古、始め！」

と、木島が声をかけた。

すぐに、門弟たちは前に立っている源九郎たちに一礼し、手にした木刀を構えた。源九郎たち三人も、それぞれ前に立った門弟に木刀の先をむけた。

木島は、源九郎の前にいる門弟たちの後ろに並んだ。今日、木島は門弟のひとりとして、源九郎たちに指南してもらうつもりなのだ。

道場のあちこちで、気合、木刀を打ち合う音、床を踏む音などが響き、耳を聾《ろう》するほどだった。

師範座所の脇には、堂本の姿もあった。堂本は、目を細めて門弟たちの稽古を見ている。稽古がこれほど活況なのは、近頃なかったはずだ。

源九郎がふたりの門弟に稽古をつけた後、さよが前に立った。

さよは源九郎に一礼し、

「参ります！」

と、声を上げた。そして、木刀を青眼に構えた。

源九郎も青眼に構えると、木刀の先をさよの目にむけた。どっしりと腰の据わった隙のない構えである。

さよも木刀の先を源九郎にむけたが、源九郎の隙のない構えに圧倒され、腰が引けていた。

「さよ、打ち込んでこい！」

言いざま、源九郎はさよにむけていた木刀を右手にむけてすこし寝かせた。正面をあけて、隙を見せたのだ。

さよは、源九郎の正面があくと、素早く踏み込み、
メーン！

と、声を上げ、メンに打ち込んできた。

咄嗟に、源九郎は身を引きざま、木刀を横に払った。

カッ、と乾いた音が響き、さよの木刀が脇に払い落とされた。一瞬の攻防である。

源九郎は大きく後ろに身を引いて、さよとの間合を取り、

「いい打ち込みだった。……いま、一手！」

と、声をかけた。

「はい！」

さよはふたたび青眼に構え、木刀の先を源九郎の目にむけた。

源九郎は、しばらくさよと稽古をつづけ、さよの腰がふらついてきたとき、

「さよ、これまでだ」

と、声をかけ、木刀を下げた。

さよは木刀を引いて、左手で持って腰の辺りに当てると、源九郎に頭を下げてその場を離れた。

さよにつづいて、まだ十二、三歳と思われる若侍が、源九郎の前に立ち、

「一手、御指南を！」

と、声を上げた。

源九郎は、若侍にもさよと同じように稽古をつけた。

道場での稽古は、一刻《いっとき》（二時間）ほどつづいたろうか。源九郎は汗まみれになり、腰がふらついてきた。源九郎は還暦に近い老齢だった。しかも、ここ何年も剣術の稽古はしていない。疲れて当然だった。

源九郎が木刀を下ろし、身を引こうとしたとき、

「稽古、やめ！」

と、木島の声がひびいた。

すると、木刀を打ち合っていた男たちは木刀を下ろし、正面で向き合って一礼した後、道場の両側に分かれた。

源九郎たち指南役は道場の上座に腰を下ろし、稽古をつけてもらった門弟たちは下座に座した。

すると、堂本が源九郎たちのそばに来て、

「今日は、華町たちの御蔭で、いい稽古ができた。門弟たちも、喜んでいるはずだ」

と、満足そうな顔で言った。

源九郎は、うなずいただけで何も言わなかった。手の甲で、額や頬を流れる汗を拭っている。

その日、繁山たちは道場に姿を見せなかった。堂本は源九郎、安田、桐山、菅井、木島の五人に、

「母屋で一休みしてくれ」

と、声をかけた。

そして、源九郎たち五人を母屋に連れていった。

源九郎、安田、桐山、菅井の四人が堂本と対座し、木島だけは堂本の脇に座った。

「さよ、茶を淹《い》れてくれんか」

堂本がさよに声をかけた。

「はい」

と応え、さよはすぐに裏手の台所にむかった。

堂本は改めて源九郎たちに礼を言った後、

「華町どのたちがいてくれれば、繁山たちも姿を見せぬかもしれんな」

と、声をひそめて言った。

「いや、来るな。わしは、繁山たちが来るとみて、菅井にも来てもらったのだ」

源九郎が、菅井は居合を遣うことを話した。

「居合でござるか」

堂本が菅井に訊いた。

「い、いや、見世物みたいなものだ」

菅井が照れたような顔をして言った。さすがに、両国広小路で、居合の見世物をしているとは言わなかった。

その日、源九郎たちはさよが淹れてくれた茶を飲んだ後、堂本道場を出た。そして、途中、道場につづく道を見張っていた平太と孫六に声をかけ、五人いっしょにはぐれ長屋に帰った。

五

翌朝、源九郎たち五人は、長屋の路地木戸まで見送りにきた茂次と三太郎に、長屋で何かあったら堂本道場まで知らせにくるよう頼んで、御徒町にむかった。

その日は、曇天《どんてん》だった。早朝だったせいもあり、辺りは夕暮れ時のように薄暗かった。それでも、両国広小路を過ぎて神田川にかかる和泉橋を渡るころには、雲が薄くなり、東の空に淡い陽の色が見えた。

前方に堂本道場が見えるところまで来ると、

「あっしと平太は、この辺りで見張りやす」

孫六が言い、平太とふたりで足をとめた。ふたりはその場で見張り、繁山たちが姿を見せたら道場にいる源九郎たちに逸早《いちはや》く知らせるのである。

「頼む」

源九郎は、繁山たちが来るのを事前に察知できれば、門弟たちとの稽古を中断し、迎え撃つことができると踏んだ。繁山たちと斬り合いになっても、門弟たちから犠牲者を出さずに済むだろう。

源九郎、菅井、安田の三人は、孫六と平太をその場に残し、堂本道場にむかった。

道場内には、朝の早い数人の門弟がいた。木島、堂本、さよの姿もあった。桐山はまだ道場に来ていなかった。

堂本とさよが、源九郎たちのそばに来て、

「済まんな、朝早くから」

と、声をかけた。

「わしらも、久し振りにいい稽古ができると思っている。長らく、稽古らしい稽古をしてなかったからな」

源九郎が言うと、

「おれもだ」

脇から、安田が言った。

「さて、支度するか」

そう言って、源九郎は稽古の支度を始めた。支度といっても簡単である。羽織を脱ぎ、袴の股立《ももだち》を取り、襷をかけるだけである。

安田も同じように支度を始めたが、菅井はそのままである。今日も、菅井は稽古を見ているつもりなのだろう。

源九郎と安田が支度をしているところに、桐山が姿を見せた。桐山は来るのが遅れたと思ったのか、源九郎たちに挨拶すると、すぐに道場の隅の着替えの部屋に行って支度を始めた。

そうしている間にも、門弟たちはふたり、三人と道場内に入ってきた。そして、源九郎や安田の姿を見ると、慌てて着替えの部屋に入った。

昨日より、門弟たちの姿が多いようだった。おそらく、これまで道場の稽古を休んでいた者も、源九郎たちのことを聞いて顔をだしたのだろう。

木島は、門弟たちの支度が済んだのを見て、

「稽古を始める！」

と、声をかけた。

門弟たちは、すぐに木刀を手にして道場の下座に集まった。門弟たちのなかに、さよも加わり、堂本は師範座所の脇に立った。

一方、指南役の源九郎、安田、桐山の三人は、上座に立った。木刀が十分にふるえるよう、三人は間を広くとっている。

「稽古、始め!」

木島が声をかけた。

門弟たちは、それぞれ前に立っている源九郎たちに一礼した後、木刀を構えた。

源九郎は青眼に構え、前に立った門弟に木刀の先をむけた。

道場内で、木刀を遣っての稽古が始まった。

それから小半刻(三十分)ほど経ったろうか。平太が道場内に飛び込んできた。平太は道場内に目をやり、源九郎の姿を目にすると、門弟たちの間を縫うようにしてそばに来た。

平太は源九郎に身を寄せ、

「華町の旦那!」

と、大声で言った。大声でないと、気合や木刀を打ち合う音で、聞こえないと思ったらしい。

「平太、どうした」

源九郎が手にした木刀を下げて訊いた。

「来やす！　胡乱《うろん》な武士が、六人」

平太が叫んだ。

平太の声で、門弟たちは稽古をやめ、平太と源九郎に顔をむけた。

「繁山たちだな」

「まちがいありません」

平太と孫六は繁山たちの顔を知らなかったが、六人の武士の様子と道場の方にむかっていることから、察知したのだろう。

「孫六は」

「六人の後から来ます」

「そうか」

源九郎はすぐに門弟たちに目をやり、

「繁山たちが、道場に踏み込んでくるようだ。おまえたちは、手を出すな。わしらが相手をする」

と、声高に言った。

門弟たちは息を呑み、その場につっ立ったまま身を硬くした。

「師範座所のところに集まれ！　おれたちが、繁山たちを迎え撃つ」

木島が声を上げた。

すると、堂本とさよが師範座所のところに立ち、この場へ来るよう門弟たちに声をかけた。

門弟たちは、すぐに動いた。木刀を手にしたまま師範座所に上がったり、すぐ前に立ったりした。

源九郎、安田、木島、桐山の四人が戸口近くに立ち、木刀や刀を手にして身構えた。繁山たちを迎え撃つのである。

「やっと、おれの出番が来たな」

菅井はそう言い、刀を腰に差して戸口近くに立った。

六

「来るぞ！」

木島が言った。

道場の戸口で、何人もの足音が聞こえた。戸口から土間に入ってくるようだ。

「やけに静かだ！」、「稽古は、してないようだ」と男の声がした。

そのとき、土間で、

「門弟たちは、道場に来ているはずだぞ」

と、別の男の声がした。

……繁山だ！

源九郎が、胸の内で声を上げた。聞き覚えのある繁山の声である。

「門弟たちは、道場内にいる」

と、中西の声が聞こえた。

そして、道場に出入りする板戸があいた。姿を見せたのは、六人の武士だった。見覚えのある繁山、中西の顔がある。

他にも見覚えのある顔があったが、源九郎は名を知らなかった。

「門弟たちがいるぞ！」

繁山が声を上げげた。道場の正面奥にある師範座所の付近に集まっている門弟たちを目にしたらしい。

「堂本と木島もいる」

別の男が言った。

繁山たちは板戸を半分ほどしか開けなかったので、入口近くの両脇に待機している華町や菅井たちの姿は、目に入らなかったようだ。

源九郎たちは、息をつめて繁山たちが道場に入ってくるのを待っていた。

菅井は入口の脇に立ち、右手を刀の柄に添え、腰を沈めていた。居合の抜き付けの一刀を放つ構えをとっている。

「踏み込むぞ」

繁山が言った。

すると、繁山の脇にいた中西が引き戸をさらにあけた。

広くなった入口から、ふたりの武士が入ってきた。長身の男とずんぐりした体軀の男だった。ふたりは、すでに抜き身を手にしていた。

そのときだった。菅井が居合の抜刀体勢をとったまま、スッと長身の武士に近寄った。素早い動きである。

武士は迫ってきた菅井を目にし、一瞬、その場に立ち竦《すく》んだが、手にした刀を振りかぶろうとした。

「遅い！」

言いざま、菅井が抜き付けた。

シャッ、と抜刀の音がし、一瞬、刀身がきらめいた。次の瞬間、長身の武士の右袖が二の腕辺りで裂け、手にした刀が足元に落ちた。

ギャッ！　と悲鳴を上げ、長身の武士は後じさった。右腕が、ダラリと下がっている。

菅井の居合の神速の一刀が、長身の武士の右腕の骨まで斬ったのだ。

菅井は素早く身を引き、繁山たちから間を取ると、刀を脇構えにとった。居合は一度抜刀してしまうと、刀を鞘に納め、居合の抜刀体勢をとるまで遣えない。

菅井は脇構えから居合の抜き付けの呼吸で、敵を斬ろうとしたのだ。

その場にいた者たちは、敵も味方も菅井の居合の太刀捌《たちさば》きに目を奪われたが、

「斬れ！　道場にいる者たちを斬れ！」

と、繁山が叫んだ。

その声で、中西や他の三人の武士が手にした刀を構え、道場の師範座所の付近に集まっている門弟たちに近付き始めた。

「そうは、させぬ」

源九郎が声を上げ、中西に迫った。

源九郎につづき、安田、木島、桐山の三人も、繁山たちに近付いた。これを見て道場に踏み込んできた他の武士は、後じさった。顔に驚愕《きようがく》と恐怖の色がある。

「怯《ひる》むな!」

繁山が、叱咤《しった》した。

その声で、繁山のそばにいたふたりの武士が、師範座所の近くにいる門弟たちに近付こうとした。

これを目にした源九郎は、中西にむかって踏み込み、タアッ! と鋭い気合を発して袈裟《けさ》に斬り込んだ。一瞬の太刀捌きである。

咄嗟に、中西は刀身を振り上げて、源九郎の斬撃を受けようとした。だが、間に合わなかった。

ザクッ、と中西の小袖が、肩から胸にかけて裂けた。

中西は驚愕に目を剝《む》き、慌てて後退《あとじさ》った。それほど深い傷ではなかったが、露になった胸から、血が幾筋も流れ落ちた。赤い簾《すだれ》のようである。

中西は慌てて源九郎から間をとったが、刀を構えようとしなかった。恐怖と昂奮で、体が顫《ふる》えている。

「中西、かかってこい!」

源九郎が叫んだ。

だが、中西は手にした刀を下げたまま、さらに後じさった。そして、源九郎と

の間があくと、

「し、繁山、皆殺しになるぞ！」

と、声を震わせて言った。

繁山は顔をしかめたが、中西と同じように思ったらしく、

「引け！　引け！」

と、叫んだ。

その声で、道場に侵入してきた武士たちは、反転して逃げようとした。

「逃がさぬ！」

桐山が叫びざま、逃げる武士の背後に迫り、袈裟に斬りつけた。

切っ先が、武士の肩から背にかけて、深く斬り裂いた。

ギャッ！

と、悲鳴を上げ、武士は身をのけ反らせた。

武士はよろめきながら戸口近くまで逃げたが、力尽きたのか、その場にへたり込んだ。ただ、命にかかわるような深手ではないようだ。

繁山たちは道場から出ると、来た道を必死に逃げていく。

道場にいた数人の門弟が、逃げる繁山たちを追って道場から飛び出そうとし

た。

「追うな！」

源九郎が、声をかけた。下手に追うと、返り討ちに遭う恐れがあった。それに、源九郎には、張り込んでいる孫六が跡を尾《つ》けて、逃げた先を突き止めるのではないか、との読みがあったのだ。

七

道場から逃げたのは、四人だった。繁山と中西、それに、ふたりの武士である。

別のふたりの武士が、逃げずに道場内にとどまっていた。ひとりは菅井の居合で腕を斬られ、もうひとりは、桐山に斬られたのである。ふたりとも命に別状はなさそうだが、繁山たちといっしょに逃げられなかったらしい。

源九郎たちは、まず腕を斬られた長身の武士から話を訊くことにした。

「まず、腕の出血をとめてからだな」

源九郎はそう言って、近くにいた堂本に、「手拭いを貸してくれ」と声をかけた。すると堂本は近くにいた門弟が持っていた手拭いを出させ、

「使ってくれ」

と言って、手渡した。

源九郎が武士の右腕の傷口に手拭いを巻き、強く縛った。

「これで、出血は収まるだろう」

源九郎は、そう言ったが、骨まで切断されているのを知って、「右腕は、使いものにならぬ」と胸の内で呟いた。ただ、出血が収まれば、死ぬようなことはないはずだ。

「名は」

源九郎が訊いた。

武士は戸惑うような顔をして口をつぐんでいたが、傷口に巻かれた手拭いに目をやり、

「吉川峰次郎《きちかわみねじろう》……」

と、小声で言った。源九郎が腕の傷の手当てをしたこともあり、隠す気が薄れたようだ。

「吉川、繁山たちは、何度もこの道場に乗り込んできて、門弟たちに立ち合いを挑んでいるようだが、何のためだ」

「お、おれたちの、腕を試すためだ」

吉川が声をつまらせて言った。

「すると、この道場だけでなく、他の道場にも腕試しのために、立ち合いを挑んでいるのか」

「い、いや、ここだけだ」

吉川が、困惑して顔を歪《ゆが》めた。

「それは、おかしい。腕試しのためなら、この道場だけでなく、他の道場にも行くはずだぞ」

「そ、それは……」

吉川は、源九郎から視線を逸《そ》らせた。

「別の狙いがあって、この道場に来ているのだな」

源九郎が語気を強くして言った。

「……」

「繁山たちの狙いは、何だ」

源九郎がさらに語気を強くして訊いた。

「し、繁山どのの話では、この道場は道場主が指南できないので、門を閉めた方がいいと言って……」

吉川はそう言って、源九郎の後ろに立っている堂本を上目遣いに見た。

堂本は顔を厳しくして吉川を見据えていたが、何も言わなかった。

「それで、道場を潰《つぶ》そうとしたのか」

源九郎が訊いた。

「そ、そうだ」

「堂本どのは足が悪く、稽古は無理だが、この道場には、木島どのや桐山どのがいる。それに、堂本どのの嫡男の竜之助どのが、近いうちに廻国修行から帰ってくるはずだ。竜之助どのは、堂本どのに負けぬ遣い手となって、ここにもどってくる」

源九郎が竜之助の名を出すと、

「兄上は、近いうちに帰ってきます。繁山は、そのことを知っているはずです」

さよが、吉川を睨《にら》むように見すえて言った。

吉川は驚いたような顔をして、さよを見たが、

「た、竜之助どののことは、聞いていない」

と、声をつまらせて言い、頭を下げてしまった。

「吉川、繁山たちは竜之助どのが帰ってくる前に、この道場を潰そうとして、道場破りを装い、道場に押し入ってきたのではないか」

源九郎が、吉川を見すえて訊いた。

吉川は視線を膝先に落として黙っていたが、

「そうかもしれない」

と、顔を上げて言った。

「繁山たちは、何故《なにゆえ》、この道場を潰そうとしたのだ」

源九郎が改めて訊いた。

「…………」

吉川は黙したまま口をひらかなかった。

「繁山たちの狙いは、何だ」

「こ、この辺りに、新たに道場を建てると聞いたことがある。そ、それで、堂本道場は邪魔になるので……」

吉川が、声をつまらせて言った。

そのとき、黙って聞いていた堂本が、

「なぜ、ここに建てるのだ。すでに道場のある場所に新たな道場をひらかずとも、別の場所でもいいではないか」

　と、吉川に訊いた。

「この近くは、武家屋敷が多いので、門弟が集まりやすい。……そ、それに、堂本道場は道場主が指南できず、まともな稽古もできないでいる」

　吉川が、上目遣いに堂本を見ながら言った。

「そのようなことはない。今日、見ただろう。華町どのや安田どのもいる。桐山や木島も、腕がたつ」

　堂本が語気を強くして言った。

　次に口をひらく者がなく、道場内は重苦しい沈黙につつまれたが、

「ここに道場を建てようとしているのは、何者だ。繁山や中西ではあるまい」

　源九郎が吉川を見すえて訊いた。

「聞いていない」

　吉川が肩を落として言った。

「何も聞いていないのか」

「……道場主で、一刀流の遣い手だと聞いたことがある」

「なに、道場主だと。……そやつの道場は、どこにあるのだ」

「知らない。小さな道場で、門弟もわずからしい。……ただ、道場主は腕がたち、道場を大きくすれば、間違いなく大勢の門弟が集まると聞いている」

吉川が言った。

源九郎は記憶をたどったが、思い当たる者はなかった。

「堂本どの、心当たりはあるか」

源九郎が訊いた。

「い、いや、思い当たる者はいない。……道場といっても、自分の屋敷を使い、近所に住む武家の子弟を集めて、指南しているだけかもしれん」

堂本が首を捻《ひね》りながら言った。

それから、源九郎と堂本は、もうひとりの武士からも話を訊いたが、新たなことは分からなかった。

もうひとりの武士の名は松浦房之助《まつうらふさのすけ》で、御家人の次男だという。松浦は何とか剣で身を立てようと思い、道場を探していた。そのようなおり、繁山が道場の師範代だったと聞いて指南を仰ぎ、仲間にもくわわったそうだ。

「このふたり、どうする」

堂本が源九郎に訊いた。

「堂本どのが、よければ、このまま帰すつもりだが」

「このまま帰すだと」

堂本が驚いたような顔をして聞き返した。その場にいた桐山や菅井も、源九郎に目をやった。

「そうだ」

「繁山たちのところに、駆け込むぞ」

安田が脇から口を挟んだ。

「そんなことはない。ふたりが、死ぬ気なら、別だがな」

源九郎はそう言って、吉川と松浦に目をやった。

「繁山たちは、おぬしたちに訊くはずだ。何も喋《しゃべ》らなかったかとな」

さらに、源九郎が言った。

すると、ふたりの顔がこわばった。

「おぬしたちは、わしらに喋ったことは口にせず、自力でわしらの手から逃れて帰ってきたと話すかな」

「……！」

吉川と松浦が、戸惑うような顔をして源九郎に目をむけた。

「そう言っても、繁山たちは信じまい。わしらに、訊かれたことは喋って、帰されたとみるだろうな」

源九郎は、すこし間を置き、

「繁山たちは、必ずおぬしたちを殺すぞ」

と、ふたりを見据えて言った。

「そうかもしれない……」

吉川が言った。

吉川と松浦の顔が青ざめ、体が顫えだした。

「しばらく、繁山たちから身を隠しているのだな」

源九郎が言った。

ふたりは、体を顫わせながらうなずいた。

八

源九郎たちが吉川と松浦から話を訊いていたところ、孫六と平太は、道場から逃げた繁山たち四人の跡を尾けていた。

孫六と平太は、繁山たちに気付かれないように、ふたりの間を大きくとって歩いた。平太が前で、孫六は平太の後から尾けていく。そうしたのは、孫六の指示だった。孫六は中風を患い、すこし足が不自由だったのだ。繁山たちが振り返ったとき、その歩き方から、気付かれる恐れがある。

前を行く繁山たちは、堂本道場のある通りから御徒町の表通りに出た。そして、北に足をむけた。通り沿いには、小身《しょうしん》の旗本や御家人の屋敷がつづいている。

この辺りは武家地がつづいているせいもあり、通りかかるのは供連れの武士や中間《ちゅうげん》などが多かった。

繁山たちはしばらく歩いて十字路に突き当たると、左手に折れた。

平太が走りだした。繁山たちの姿が見えなくなったからだろう。孫六も走ったが、足が悪いので、平太からだいぶ遅れた。

孫六が左手につづく道の入口まで来ると、武家屋敷の板塀の脇に、平太の姿があった。その場から、通りの先に目をやっている。

孫六が板塀に近付くと、

「そこの屋敷に、入《へえ》りやしたぜ」

平太が、斜向《はす》かいにある武家屋敷を指差して言った。

その屋敷も板塀がめぐらせてあり、木戸門だった。五十石ほどの御家人の屋敷であろうか。粗末な造りだった。それに、荒れた感じがした。

「繁山の屋敷かな」

孫六が言った。

「繁山だけでなく、いっしょにきた三人も入《へえ》りやした」

「近付いて、屋敷のなかの様子を探ってみるか」

孫六は、屋敷内に侵入しなくても、板塀に身を寄せれば、なかの物音や話し声が聞こえるのではないかと思った。

「やりやしょう」

平太が意気込んで言った。

孫六と平太は通行人を装い、繁山たちが入った武家屋敷の近くまで来た。そして、通りの左右に目をやり、近くに人影がないのを確かめてから板塀に身を寄せた。

屋敷内から、廊下を歩くような足音が聞こえた。つづいて、くぐもったような男の声がした。その物言いから、武士であることが知れた。ひとりではなく、何人かいるようだ。

障子を開け閉めするような音がし、急に足音が聞こえなくなった。

「座敷に入《へえ》ったようだ」

孫六が、声をひそめて言った。

……道場に、腕のたつ男がいてな。危なく、討ち取られるところだった。

武士の声が、はっきりと聞こえた。孫六たちのいる近くで、話しているらしい。おそらく、庭に面した座敷であろう。庭といっても、狭い場所にちがいない。

話の内容からみて、繁山か中西とみていいようだ。

……堂本道場は、いい場所にある。何としても、あの近くに道場を建てたい。それに、界隈《かいわい》に道場を建てるといっても、いい場所はないからな。

別の武士が、言った。

孫六は、この男が屋敷の主《あるじ》ではないかと思った。この屋敷の主が、堂本道場の近くに道場を建てたいと思っているようだ。

……そう焦ることはありません。堂本道場に出入りしている者も、そう長くはつづかないはずです。それに、ひとりは堂本と同じように年寄りです。そのうち、木刀も振れなくなりますよ。

繁山と思われる男が言った。

それからいっとき、屋敷の主と思われる男と繁山たちの話がつづいたが、堂本道場の話ではなく、菅井が遣った居合や一刀流の話がつづいた。そして、屋敷の者と思われる女が茶を運んできたらしく、男たちは剣の話をやめ、両国広小路の小屋掛けの見世物の話になった。女が入ってきたので、話を逸《そ》らせたらしい。

孫六と平太は、そっと板塀から離れた。そして、屋敷からすこし離れたところで、

「平太、どうする」

と、孫六が訊いた。

「繁山たちが入った屋敷の主が、だれなのか知りてえ」

平太が言った。

「そうだな。屋敷の主が知れれば、繁山たちとの繋《つな》がりも分かるかもしれねえ」

そう言って、孫六は通りの左右に目をやった。屋敷の主のことを知っていそうな者がいないか探したのである。

「あのふたり連れは、どうです」

平太が通りの先を指差して言った。

若侍がふたり、何やら話しながら平太たちのいる方へ歩いてくる。

「駄目だ。あのふたりが、繁山たちとかかわりがあれば、おれたちはこの場で押さえられるか、斬られるかだぞ」

孫六が言った。

「二本差はやめやしょう。斬られて、死にたくねえ」

平太が、首をすくめた。

孫六と平太は、近くにあった武家屋敷の築地塀《ついじべい》に身を寄せて、ふたりの武士をやり過ごした。

それからいっときし、孫六が通りの先から歩いてくるふたりの中間を目にとめた。

「あのふたりに、訊いてみる」

そう言って、孫六が築地塀のそばから離れた。

孫六は平太をその場に残し、ふたりの中間に近付いて声をかけた。そして、孫六はふたりの中間と何やら話していたが、半町ほど歩くと足をとめ、踵《きびす》を返して平太のそばにもどってきた。

「平太、知れたぜ。あの屋敷の主は、平松政兵衛《ひらまつまさべえ》という男だ」

孫六が言った。

「御家人ですか」

「平松家は御家人らしいが、非役でな。政兵衛は、近所で剣術道場をひらいているらしいぞ」

「道場主ですか」

「そうらしい」

「道場は、どこにあるか分かりやしたか」

「三枚橋《さんまいばし》の近くらしい」

三枚橋は、不忍池《しのばずのいけ》から流れ出す忍川《しのぶがわ》にかかる橋である。忍川といっても、堀と言った方がいいだろう。

「どうしやす」

「ともかく、華町の旦那たちに話そう」

孫六がそう言い、平太とふたりで来た道を引き返した。

第三章　嫡男帰る

一

はぐれ長屋にある源九郎の家に、男たちが集まっていた。源九郎、菅井、安田、孫六、茂次、三太郎、平太の七人である。

源九郎たちが、堂本道場に踏み込んできた繁山たちを逆に襲い、傷を負った吉川と松浦から話を聞いた二日後である。

源九郎は孫六と平太から、繁山たちが御徒町にある武家屋敷に入ったことと、屋敷の主《あるじ》の平松という男が道場主らしいことを聞いた。孫六たちの話から、源九郎は、平松が堂本道場の門を閉めさせ、近くに新しい道場を建てようとしている張本人ではないかとみた。

さらに、孫六たちから、平松の道場が下谷《したや》の三枚橋の近くにあると聞き、昨日、行って様子をみてきた。

道場の表戸は、閉めてあった。道場といっても、民家の床を板張りにしただけのような粗末な造りで、だいぶ傷んでいた。近頃、人の出入りした様子はなく、積もった埃で床板が白く見えた。

念のため、源九郎たちが、近所で聞いてみると、ここ何年か道場で稽古をした様子はないという。また、道場は一刀流で、道場主は平松政兵衛とのことだった。

源九郎ははぐれ長屋に住む仲間たちに、これまで探った平松のことを話すとともに、今後どうするか相談するために、仲間たちを集めたのだ。

「まず、孫六と平太から話してくれ」

源九郎がふたりに目をやって言った。

「あっしと平太とで、繁山たちの跡を尾けやしてね」

孫六がそう切り出し、改めて繁山たちの跡を尾けたことから、近所で聞き込んで平松の道場が三枚橋の近くにあることをかいつまんで話し、

「繁山と平松は、堂本道場の近くに、新しい道場を建てるつもりですぜ」

と、言い添えた。

孫六の話が終わると、

「そういうことか」

安田が顔を厳しくして言った。

次に口をひらく者がなく、座敷は静かになった。男たちの息の音と、冷めた茶をすする音だけが聞こえた。茶は、先に源九郎の家に来ていた孫六と平太が勝手に湯を沸かし、淹《い》れたのである。

「これから、どうする」

安田が訊いた。

「わしらが堂本どのから頼まれたのは、堂本道場を守ることだが、繁山たちが襲ってくるのを待っているのでは、いつ始末がつくか分からんな」

源九郎が、その場に集まった男たちに目をやって言った。

「どうだ、逆におれたちが、繁山たちを襲って始末してしまったら」

黙って聞いていた菅井が言った。

「それも、手だが、ここにいる仲間からも犠牲者が出るぞ」

繁山や平松たちが、源九郎たちのことをはぐれ長屋に住む者と知れば、長屋に牙をむけるのではないか、と源九郎はみた。長屋が、何人もの武士に襲われるようなことになれば、何のかかわりもない住人からも犠牲が出るだろう。

「繁山と平松をもうすこし探ってみよう。仲間や後ろ盾になっている者も、まだ摑んでいないからな」

源九郎は、繁山や平松の後ろ盾になっている者がいるはずだと思った。新たに、道場を建てるには、相応の金が必要だが、繁山や平松がそれだけの資金を持っているはずがない。

「おれも、探りにいく」

菅井が言った。

すると、座敷にいた者たちが、おれも、おれも、と言い出した。

「いや、堂本道場と長屋にも、だれかいてもらいたい」

源九郎は、腕のたつ菅井か安田のどちらかに、堂本道場にいて欲しかった。

「おれが、堂本道場に行く」

安田が言った。

「おれは、長屋に残る。……剣術の稽古相手は、おれにはできんからな」

菅井が肩を落として言った。菅井の言うとおり、居合で道場の門弟たちの相手になるのは、むずかしいだろう。

「様子をみて、交替すればいい」

源九郎がそう言って、男たちの話は終わった。

安田、孫六、茂次、三太郎、平太の五人は、源九郎の家から出ていったが、菅井だけが残った。

源九郎は黙念として座っている菅井を見て、

「菅井、どうした、腹でも痛いのか」

と、訊《き》いた。

「腹など痛くない」

「では、どうしたのだ」

「華町、しばらく御無沙汰してるな」

菅井が薄笑いを浮かべて言った。

「何の話だ」

「将棋だ。将棋」

菅井が身を乗り出すようにして言った。

「確かに、しばらく将棋を指してないな」

源九郎が、堂本道場にかかわるようになってから、長屋を留守にすることが多く、菅井と将棋を指す機会はなかった。

「すぐ、駒と将棋盤を持ってくる」

菅井はそう言い残し、慌てた様子で戸口から出ていった。

源九郎は、苦笑いを浮かべて座敷に座りなおした。今日も、御徒町に出掛け平松のことを探ってみるつもりだったが、明日からにしようと思った。

待つまでもなく、菅井は将棋盤を抱えてもどってきた。菅井は座敷に座ると、将棋盤を膝先に置き、

「華町、勝負だ」

と、満面に笑みを浮かべて言った。

二

源九郎は、菅井と昼過ぎまで将棋を指した。菅井が、やめると言わなかったので、仕方なくつづけたのである。

「菅井、腹が減ったな」

源九郎が、うんざりした顔で言った。源九郎は朝から水を飲んだだけで、何も

口にしていなかった。

「飯より、将棋だ」

菅井が、将棋盤を見すえて言った。形勢は菅井に傾いている。十手ほど指せば、源九郎は詰むかもしれない。

源九郎は腹が減ったこともあり、気を抜いて指していたのだ。

「菅井、強くなったな」

源九郎が言った。

「何のことだ」

菅井が、将棋盤から顔を上げて源九郎を見た。

「将棋だ。……わしは、勝てそうもない」

源九郎は、菅井の機嫌をそこねないように話して将棋をやめようと思った。

「華町も、腕を上げたではないか。簡単には、勝たしてくれん」

菅井が満面に笑みを浮かべて言った。

「それにな。腹が減って、将棋を指す気になれんのだ」

「おれも、腹が減ったな」

菅井が将棋盤を見すえたまま言った。

「どうだ、ふたりで、飯を食いに行かないか」

「この勝負を終えてからだ」

「菅井なら読めていると思うが、あと十手ほどで詰む」

「そ、そうだな」

菅井が声をつまらせて言った。

「わしの負けだ」

そう言って、源九郎は将棋盤に並べられた駒を搔《か》き交ぜた。

「仕方ない。めしを食いに行くか」

菅井は、駒と将棋盤をそのままにして立ち上がった。帰ってきて、また指すつもりらしい。

源九郎と菅井は、路地木戸から通りに出ると、竪川沿いの通りまで行って、そば屋に入った。源九郎は、そばの他に酒も頼んだ。酔わない程度に飲もうと思ったのだ。

源九郎と菅井がそば屋を出ると、陽は西の空に傾いていた。八ツ（午後二時）を過ぎているようだ。

源九郎と菅井は家にもどり、座敷に上がった。すぐに、菅井は将棋盤を前にして座ったが、源九郎は上がり框《がまち》近くに腰を下ろした。

「華町、将棋はどうするのだ」

菅井が訊いた。

「将棋はこれまでだ。どうも、菅井には勝てそうもない」

「そんなことはない。華町は、だいぶ腕を上げたではないか」

菅井がそう言って、ニンマリした。

「それにな。安田や孫六たちは、朝から御徒町に出掛けて門弟に稽古をつけたり、繁山たちのことを探ったりしているのだぞ。……わしと菅井だけ、一日中将棋を指して遊んでいていいのか」

源九郎が、強いひびきのある声で言った。

「そ、そうだな。……おれたちだけ、遊んでいるわけにはいかないな」

菅井が戸惑うような顔をした。

そのとき、戸口に近寄ってくる足音が聞こえた。聞き覚えのある足音だった。

安田らしい。

足音は戸口でとまり、「華町、いるか」と安田の声がした。

源九郎は菅井に将棋を片付けるよう、手で合図し、

「いるぞ」

と、声をかけた。

菅井は、仕方なさそうに駒を片付け始めた。

腰高障子があいて、安田が入ってきた、安田は座敷にいる菅井を目にすると、

「菅井もいっしょか」

と言って、座敷に置かれている将棋盤に目をやった。

「いや、昼飯の後な。将棋をやろうかと思って持ってきたのだが、その気になれなくてな。片付けているところだ」

菅井が言った。

「いまは、将棋を指すような気にはなれんだろう」

「まァ、そうだ。……ところで、安田、おれたちに何か知らせることがあって来たのではないのか」

菅井が訊いた。

「今日な、堂本道場に、武者修行に行っていた倅《せがれ》が帰ってきたのだ」

「倅というと、竜之助どのか」

源九郎が訊いた。源九郎は、堂本から武者修行に出ている倅の竜之助が、近い

うちに帰ってくると聞いていたのだ。

「そうだ」

「竜之助が帰ってきたか」

源九郎は、ほっとした。堂本道場の指南や繁山たちの襲撃に備えて、長屋の者が道場に行かずに済むようになるかもしれない。

「それでな、明日、堂本どのが竜之助どのを連れて、長屋に挨拶に来ると言っていたぞ」

安田が言った。

「明日か」

源九郎は、竜之助と会えば腕のほども知れるのではないかと思った。

「華町！」

菅井が声をかけた。

「なんだ」

「竜之助は、将棋を指すのか」

菅井が訊いた。

「そんなことは、知らん」

源九郎が、呆《あき》れたような顔をして言った。

三

バタバタと、戸口に駆け寄る音がした。足音は戸口でとまり、すぐに腰高障子があいた。姿を見せたのは、孫六だった。

「は、華町の旦那、見えやした！」

孫六が、声をつまらせて言った。

「堂本どのと、竜之助どのか」

源九郎が訊いた。

そこは、はぐれ長屋の源九郎の家だった。座敷には、源九郎の他に菅井と安田の姿があった。三人で、堂本と竜之助が来るのを待っていたのだ。

「さよさんも、いっしょですぜ」

孫六が言った。

「そうか」

源九郎たちがそんなやり取りをしていると、戸口に近付いてくる大勢の足音が聞こえた。男だけでなく、女子供の話し声も聞こえる。長屋の住人たちが、いっしょに歩いてくるらしい。

長屋の女房連中は、お熊から話を聞いて、堂本が源九郎の幼馴染みで、連日のように、菅井たちもいっしょに堂本がひらいている剣術の道場に行っていることを知っていた。

源九郎は立ち上がり、土間に下りた。そして、腰高障子をあけて外に出た。外で堂本たちを出迎えようと思ったのだ。

堂本とさよ、それに浅黒い顔をした若侍の姿があった。遠目にも、若侍が竜之助だと分かった。顔もそうだが、体格も若いころの堂本に似ている。

堂本、さよ、竜之助の三人を取り囲むようにして長屋の住人たちがついてきた。亭主の多くが働きに出ているせいか、女子供が多かった。

堂本たち三人の脇に、茂次、平太、三太郎の三人の姿があった。孫六たち四人は、長屋の路地木戸のところまで迎えに出ていて、孫六が源九郎たちに知らせに来たのだ。

堂本たち三人は、源九郎の前まで来ると、足をとめ、

「倅の竜之助だ」

と言って、脇に立っている若侍に目をやった。

「堂本竜之助にございます。父から、華町どのや長屋のみなさんにはお世話になったと聞きました。それがしからも、御礼申し上げます」

竜之助はそう言って、源九郎や近くにいた長屋の者たちに頭を下げた。

……若いころの堂本に似ている！

と、源九郎は思った。

「いやいや、わしは堂本どのとは幼馴染みでな。それに、わしらも道場を使わせてもらったのだ。礼を言うのは、わしらかもしれん」

源九郎はそう言った後、「ともかく、入ってくれ」と言って、腰高障子をひろくあけ、堂本たち三人を家に入れた。いつまでも、長屋の住人たちに囲まれて話しているわけにはいかないと思ったのだ。

堂本たち三人につづいて、孫六、茂次、三太郎、平太の四人も入ってきた。孫六たちは繁山や平松たちのことを探っていたので、話にくわわってもらうのだ。

「座敷に上がってくれ」

源九郎はそう言って、堂本たち三人を座敷に上げた。

座敷には菅井と安田もいたので、堂本たち三人が座ると、狭くなった。

土間にいた孫六が、

「茶を淹れやしょう」

と言って、平太とふたりで流し場に行った。三太郎と茂次もそばに行き、湯飲みなどを用意している。

孫六たちは朝から源九郎の家に来て、茶を淹れる支度をしていたのだ。

待つまでもなく、三太郎と茂次が茶をついだ湯飲みを盆に載せて運んできて、座敷にいる堂本たちの前に湯飲みを置いた。

「済まんな」

堂本が照れたような顔をして言った。

「なに、わしらは道場に行って、いつも馳走《ちそう》になっているのだ。長屋に来たときぐらい、遠慮しないでくれ」

源九郎が、堂本たち三人に目をやって言った。

孫六たちは、座敷にいる源九郎、菅井、安田の三人にも茶を淹れてくれた。その後、孫六たちは自分たちにも茶を用意してから、上がり框に腰を下ろした。座敷は狭く、源九郎たちといっしょに座れなかったのだ。

「ここにいる長屋の人たちに、世話になってな。指南できないわしに代わって、門弟たちの稽古もみてもらったのだ」

堂本が、その場にいる長屋の七人に目をやって言った。

「いや、わしらもな、久し振りで、いい稽古ができたと喜んでいるのだ」

源九郎が言った。

「若いころ、道場で汗を流してたころのことを思い出したよ」

安田が相好《そうごう》をくずして言った。

「ところで、竜之助どのは、今後、どうされる」

源九郎が訊くと、長屋の者たちの目が一斉に竜之助にむけられた。

「道場にいるつもりです」

竜之助が言った。

「竜之助に、道場を引き継いでもらうつもりなのだ」

堂本の顔に、安堵《あんど》の色があった。堂本は足を悪くしてから、倅の竜之助が武者修行の旅からもどり、道場を継ぐのを望んでいた。堂本は、倅がもどるまでは道場を閉めるわけにはいかないと思い、源九郎たちの手も借りて、必死で道場を守ってきたのだ。

「それは、よかった」

源九郎もほっとした。

そのとき、安田が、

「おれは、明日から竜之助どのに稽古をつけてもらう立場だな」

と、竜之助に目をやって言った。

「いや、これまでどおり、門弟たちに稽古をつけてもらいたい」

すぐに、堂本が言った。

「竜之助どのが、いるではないか」

「私は、廻国修行からもどってきたばかりなので、しばらく、安田どのといっしょに稽古をしたいです」

竜之助が、安田に目をやって言った。

「共に稽古で汗を流すというわけだな」

「そうだ」

「いいだろう」

安田も、竜之助といっしょに稽古をしたかった。廻国修行で腕を上げた竜之助と稽古することで、自分の修行にもなると思ったのだ。

四

堂本たちがはぐれ長屋に来た翌日、源九郎は孫六と平太を連れて長屋を出た。堂本道場に立ち寄って、竜之助や安田の稽古の様子を見てから、繁山や平松のことを探ろうと思ったのだ。

竜之助が堂本道場にもどっても、繁山や平松は堂本道場の近くに道場を建てることを諦めていないにちがいない。繁山たちは、道場に踏み込んできて門弟たちの稽古の邪魔をするだけでなく、竜之助の命を狙う恐れもあった。繁山たちは、竜之助が道場を継げば、堂本道場を潰《つぶ》すことは難しくなるとみるだろう。そうならないうちに、密かに竜之助を始末しようとするはずだ。

すでに、安田と菅井は朝のうちに長屋を出て、堂本道場にむかっていた。源九郎たちが道場に着くころには、竜之助と安田、それに木島と桐山もくわわって稽古が始まっているはずだ。

源九郎たちは柳原通りを経て、神田川にかかる和泉橋を渡った。そして、御徒町に入ったとき、

「華町の旦那、これで、堂本道場も安泰ですぜ」

孫六が歩きながら言った。

「どうかな」

繁山と中西だけならともかく、平松がどうでるか、源九郎には読めなかった。平松は道場主だった男である。繁山や中西より、腕が立つのではあるまいか。それに、平松が道場主だったころの門弟もいるだろう。

源九郎は、平松が繁山や中西に指示しているとみていたのだ。

そんなやり取りをして歩いているうちに、前方に堂本道場が見えてきた。

「稽古をやってる！」

平太が声を上げた。

道場から、木刀を打ち合う音、気合、足で床を踏む音などが聞こえてきた。これまでより稽古が活況らしく、道場から聞こえてくる気合や木刀を打ち合う音が大きかった。

源九郎たちの足が速まった。道場に近付くにつれ、さらに稽古の音が大きくなり、いままで以上に多くの門弟が稽古していることが知れた。

源九郎たち三人は道場の土間に立ち、改めて稽古の様子を見てから道場内に入った。

上座に、安田、桐山、それに竜之助が立ち、門弟たちを相手に稽古をしていた。門弟たちは、これまでより多く二十数人いるようだった。門弟たちは、上座に立った安田たち三人に稽古をつけてもらっている。

源九郎は、門弟を相手に木刀で打ち合っている竜之助を見て、

……遣い手だ！

と、胸の内で声を上げた。

青眼や八相の構えに隙がなく、腰がどっしりと据わっていた。それに、打ち込みが迅《はや》く、鋭かった。

竜之助は真剣勝負さながらに打ち合っているが、門弟に打ち込むとき、手の内を絞って体を打つ寸前で木刀をとめている。

源九郎が道場の隅に立って稽古の様子を見ていると、堂本がそばに来て、

「華町、一汗かかないか」

と、声をかけた。

「いや、今日はこれから平松を探りに行くつもりなのだ。道場の稽古は、どんな様子かと思ってな。途中立ち寄ったのだ」

源九郎が言った。

「そうか」

堂本は、門弟相手に稽古をしている竜之助に目をやり、

「どうだ、倅の剣は」

と、目を細めて訊いた。

「若いころのおぬしを見ているようだ。……いや、おぬしより腕は上かもしれんぞ」

源九郎が言った。

「いや、まだ、まだ、未熟だ」

堂本はそう言ったが、顔には満足そうな表情があった。

「これなら、道場を任せても安心だな」

源九郎は、堂本に身を寄せ、

「おれはこれから、平松と繁山の動きを探ってみる。平松たちは、道場破りは難しいとみれば、何か別の手を使ってくるはずだ」

そう小声で言い、その場を離れた。

源九郎は、孫六と平太に案内されて道場のある通りから御徒町の表通りに出た。そして、北にむかって歩き、平松家の屋敷のある通りに入った。

源九郎は平松家の屋敷の前まで来ると、

「平松はいるかな」

と、言って、屋敷に目をやった。

「人の声が、しやすぜ」

孫六が板塀に身を寄せて言った。

源九郎も、板塀に身を寄せた。すると、屋敷内から人の声が聞こえてきた。男たちが、何人かで話しているようだ。いずれも武家言葉である。ただ、聞こえるのはかすかな声で、話の内容までは聞き取れない。

「どうしやす」

孫六が源九郎に訊いた。

「だれかに、訊いてみるか。平松家のことを知っている者がいるといいのだがな」

源九郎は孫六たちを連れて、平松家の屋敷をかこっている板塀から離れた。平松家の者に、源九郎たちが探っていることを知られたくなかったのだ。

平松家の屋敷から一町ほど離れたとき、板塀をめぐらせた武家屋敷の木戸門から、すこし腰のまがった老齢の武士が姿を見せた。袖無し羽織に軽衫《カルサン》姿で、無腰だった。隠居の身らしい。

「わしが、訊いてみる」

源九郎はあまり歳の離れていない自分なら、老齢の武士も世間話でもするつもりで話してくれる、とみたのだ。

源九郎は、孫六と平太をその場に残し、老齢の武士に足をむけた。そして、背後から近付き、「しばし、しばし」と、声をかけた。

老齢の武士は足をとめて振り返り、

「それがしで、ござるかな」

と、源九郎に訊いた。

「そこもとに、訊きたいことがござってな」

源九郎は、老齢の武士と肩を並べて歩きだした。

「何かな」

老齢の武士が訊いた。

「そこに、平松家の屋敷があるのだが、御存知かな」

源九郎は、世間話でもするような口調で切り出した。

「知ってますよ」

「実は、それがしの孫が、平松どのに剣術の指南を受けたことがござってな」

源九郎は老齢の武士から話を訊くために、作り話を口にした。

「左様か」

老齢の武士の顔から、笑みが消えた。平松のことをよく思っていないのかもしれない。

「倅は、途中で道場をやめてしまったのだが、このところ、また剣術の稽古をしたいなどと言い出しおってな。どこかに、いい道場はないかと訊かれて、困っておるのだ」

「左様でござるか」

「平松どのは、近くに道場をひらいてないのかな」

源九郎はそう言った後、「近所にお住まいのそこもとなら、道場のことを知っているかと思って、声をかけたのだ」と老齢の武士に目をやりながら言い添えた。

「そう言えば、道場の話を聞いたことがあるが」

「話してくれんか」

源九郎が、老齢の武士に身を寄せて言った。

「平松どのの道場は、下谷の三枚橋近くにあったのだがな。潰れてしまったらしい」

「その話は聞いている。その後、道場はひらいてないのかな」

源九郎が訊いた。

「ひらいてないが、近いうちに大きな道場を建てると聞いたぞ」

「どこに、建てるのだ」

「道場の名は知らぬが、御徒町らしい。ここから、遠くない所だ」

「御徒町な」

やはり、堂本道場の近くらしい。

「何でも、門弟の集まりやすい場所とのことだ。他の道場に通っている門弟たちも、新しい道場ができれば、平松どのの道場に移るのではないかとの噂がある」

「そんなものかな」

源九郎が渋い顔をした。老齢の武士が口にした他の道場は、堂本道場のことである。

「ところで、道場を建てるには、大金がいるが、平松どのには、いい後ろ盾でもいるのかな」

源九郎は矛先を変えた。

「いい金蔓《かねづる》を摑《つか》んでいると耳にしたな」

「その金蔓は、だれかな」

「さァ、わしも、そこまでは知らん」

そう言って、老齢の武士は不審そうな顔をして源九郎を見た。源九郎が、根掘り葉掘り訊くので、何か探っていると思ったのかもしれない。

「道場探しは、孫にやらせるか。もう、子供ではないからな」

そう言って、源九郎は足をとめた。

五

源九郎は、孫六と平太のいる場にもどり、年寄りから聞いたことをかいつまんで話した後、

「平松の金蔓が、何者か知りたい」

と、ふたりに言った。

「繁山や中西なら知っているかもしれねえが、ふたりから訊くことはできねえな」

孫六が首を捻《ひね》って言った。

すると、源九郎の脇に立っていた平太が、

「平松の道場に通っていた弟子なら、知っているかもしれねえ」

と、身を乗り出して言った。

「だが、平松に弟子のことを訊くわけにはいくまい」

源九郎が言った。

「平松の屋敷に出入りしている者か、近所の屋敷で奉公している者なら知っているかもしれやせん」

「そうだな」

源九郎は、あまり期待はできないが、聞き込んでみようと思った。金蔓かどうかはっきりしなくとも、平松を援助している者が知れるかもしれない。

源九郎たちは、ふたたび平松家の屋敷近くに行き、他の屋敷の板塀の陰に身を隠した。

源九郎たちが、その場に身を隠して半刻（一時間）ほど経ったろうか。平松家の隣の屋敷の木戸門から、中間《ちゆうげん》がひとり出てきた。

「あっしが、訊いてきやす」

平太が飛び出していった。すっとび平太と呼ばれているだけあって足が速い。

平太は、すぐに中間に追いついた。

平太はしばらく中間と肩を並べて歩いていたが、足をとめて反転すると、源九郎たちのいる場に走ってもどった。

源九郎たちは、すぐに平松家の屋敷から遠ざかり、

「平太、歩きながら話してくれ」

と、源九郎が言った。平松家の屋敷のそばで話していると、平松家の奉公人に気付かれる恐れがあった。もっとも、平松家は御家人のようだが、屋敷から見て微禄らしいので、奉公人を雇っているかどうか分からない。

「話を訊いた中間は、金蔓のことは知らなかったんですがね。平松が出入りしている旗本の屋敷がありやしてね。そこの庭で、平松は近所の屋敷の子弟を集めて、剣術の指南をしているそうですぜ」

平太が昂《たかぶ》った声で言った。

「その旗本の名は」

「青田政之助《あおたまさのすけ》と言ってやした」

「青田な。その旗本の屋敷は、どこにある」

源九郎は、青田という旗本が道場を建てる金を出すとは思えなかったが、道場を建てる多少の援助はするのかもしれない。

「この道を西に三町ほど歩くと、右手に長屋門を構えた旗本屋敷があるそうです。今は、その屋敷の庭で剣術の稽古をしているようです」

「その旗本の家禄は」

さらに、源九郎が訊いた。家禄で、道場を建てる資金が出せるかどうか分かると思ったのだ。

「四百石だそうで」

「それほどの大身《たいしん》ではないな」

源九郎は、四百石の旗本では、大きな道場を建てる資金は都合できないだろうと思ったが、最初は大道場でなくともいいのかもしれない。門弟たちが大勢集まれば、道場主が自力で道場をひろげることもできるだろう。

「その屋敷に、行ってみやすか」

孫六が言った。

「そうだな」

源九郎も、青田家の屋敷を見てみようと思った。それに、近所で聞き込めば、青田がどんな旗本なのか知ることもできる。

「こっちでさァ」

平太が先にたち、西にむかって歩いた。道沿いには、御家人や小身《しょうしん》の旗本の屋敷がつづいていた。通りかかるのは中間や供連れの武士が多く、町人の姿はほとんどなかった。

通りを三町ほど歩くと、平太が路傍に足をとめ、

「あの屋敷かもしれねえ」

と言って、通り沿いにある武家屋敷を指差した。

屋敷は、片番所付きの長屋門を構えていた。四百石ほどの旗本の屋敷である。

「ここだな」

源九郎も、その長屋門を構えた旗本屋敷が、青田家だろうと思った。

「近付いてみるか」

そう声をかけ、源九郎が先に歩きだした。孫六と平太は、源九郎からすこし間をとって歩いてくる。

源九郎は長屋門の前を通り過ぎ、築地塀《ついじべい》のところまで来たとき、塀の内側から気合や木刀を打ち合う音が聞こえた。そこは、屋敷の庭らしい。

……剣術の稽古だ！

源九郎は、胸の内で声を上げた。

木刀の音と気合から、稽古をしているのは四人ではないかと思った。庭には、四、五人しかいないのか。それとも、稽古場が狭く、大勢で稽古ができないかである。

源九郎たちは築地塀の陰に足をとめて、剣術の稽古の音を聞いていた。すぐに、庭にいるのは、四、五人より多いことが分かった。気合の声が、ときどき変わったからだ。おそらく、稽古の場が狭く、大勢で稽古ができないのだ。

「どうしやす」

孫六が訊いた。

「屋敷内で稽古している者のなかに、平松と繁山がいるか知りたいな」

源九郎が言った。

「屋敷から出てくる者がいたら、訊いてみやすか」

「そうだな」

源九郎たちは築地塀の陰に身を隠し、屋敷からだれか出てくるのを待った。

屋敷から出てくる者はいなかった。稽古の音もつづいている。源九郎たちが塀の陰に身を隠して、一刻（二時間）ほど経ったろうか。やっと、稽古の音がやんだ。それから、しばらくして、長屋門の脇のくぐりから若侍がふたり出てきた。ふたりは小袖に袴姿で、下駄履きだった。手に木刀を持っている。屋敷内で剣術の稽古をしていたらしい。

「わしが訊いてみる」

そう言って、源九郎はふたりの若侍の跡を尾けた。青田家の屋敷から遠ざかるのを待って、声をかけようと思ったのだ。

六

源九郎はふたりの若侍が青田家の屋敷から遠ざかると、後ろから近寄って、

「しばし、しばし」

と、声をかけた。

ふたりの若侍は、足をとめて振り返り、

「おれたちですか」

と、浅黒い顔をした若侍が訊いた。

「いかにも。ちと、訊きたいことがあってな」

源九郎は、ふたりの若侍に身を寄せ、「歩きながらで、結構でござる」と小声で言った。そして、ふたりの若侍が歩き出すと、

「いま、青田さまのお屋敷から出てきたのを目にしてな。おふたりは、剣術の稽古をしておられたのか」

と、源九郎が訊いた。

「そうですが」

丸顔の男が言った。赤らんだ顔に、汗がひかっている。稽古のときの体の火照《ほて》りが残っているらしい。

「実は、孫に剣術を習わせようと思い、いい道場はないか探しているのだ」

源九郎は、作り話を口にした。

ふたりの若侍は、源九郎にむけた顔に笑みを浮かべた。源九郎の話を信じたらしい。

「指南をされているのは、だれかな」

源九郎が訊いた。

「平松政兵衛さまです」

丸顔の男が言うと、

「平松さまは、一刀流の達人ですよ」

と、浅黒い顔をした男が言い添えた。

「達人ですか。それにしても、稽古場は青田さまのお屋敷では……」

源九郎が、がっかりしたような口振りで言った。

「いまはそうですが、すぐに新しい道場が建つことになっているのです」

丸顔の男が、声高に言った。

「どこに、建つのですか」

「御徒町ですよ！」

丸顔の男は、昂奮ぎみだった。門弟でも、新しい道場が建つと思うと、気が昂るのだろう。

「御徒町ですか。近くですね」

やはり、堂本道場の近くに建てる気らしい、と源九郎は思った。

「道場を建てるといっても、難しいはずですよ。それがしが口にするようなことではないが、それなりに資金も必要だし……」

源九郎は、平松に道場を建てるだけの資金があるのか、それとなく訊いたのだ。

すると、丸顔の男が急に源九郎に身を寄せて、

「心配いりませんよ。資金の目安はたっているようですから」

と、声をひそめて言った。

「他家の庭に、門人を集めて稽古をしている平松さまが、道場を建てるだけの金を持っているとは思えませんが……」

源九郎は、ふたりの門弟に喋《しゃべ》らせるために、わざと素っ気なく言った。

「平松さまには、後ろ盾がいますから」

丸顔の男が言った。

「青田さまですか」

源九郎は青田の名を出した。金を出すとしたら、青田しかいないとみたのだ。

「そうです」

「それがしの口から、こんなことを言うのは、失礼ですが……。青田さまが、そのような金を出すとは思えませんが」

源九郎は首をかしげた。

「青田さまは、次男の裕介《ゆうすけ》どののために出すようですよ」

丸顔の男が言った。

つづいて、もうひとりの浅黒い顔の男が、

「裕介どのは若い門弟のなかでは、遣い手ですよ」

そう前置きして、話したことによると、裕介は剣術で身を立てようとして、少年のころから平松道場に通い、熱心に稽古に励んだという。平松一門のなかでも、裕介は遣い手のひとりで、平松が新しく道場をひらいた暁には、裕介を師範代にとりたてることになっているという。

「それで、いまも青田さまのお屋敷の庭を道場として使わせてもらっているのです」

浅黒い顔の男が、言い添えた。

「そういうことか」

源九郎は、平松や青田の胸の内が読めた。

源九郎はいっとき間を置いた後、

「御徒町には、別の剣術道場があると聞いてますが、そこに平松道場を建てるつもりなのかな」

と言って、首を捻った。平松や繁山が、若い門弟たちに堂本道場のことをどう話しているか知りたかったのだ。

「堂本道場ですか。近い内に、門を閉めると聞きましたよ」

丸顔の男が、素っ気なく言った。

「門を閉めるのか」

思わず、源九郎は声を大きくした。

「堂本さまは老齢ですし、足を悪くされて稽古はできないようですからね。……門を閉めるしかないはずです」

丸顔の男が言うと、もうひとりの男もうなずいた。

源九郎は、いっとき黙したまま歩いていたが、

「孫を入門させるのは、新しい道場ができてからにしますかな」

と言って、足をとめた。

そして、ふたりの若侍が遠ざかってから踵《きびす》を返した。

源九郎は、孫六と平太のそばにもどると、ふたりの門弟から聞いたことをかいつまんで話し、

「今日のところは、このまま引き揚げよう」

と、ふたりに言った。

源九郎は堂本道場に行き、ふたりの若侍から聞いたことを堂本たちに伝えよう

と思った。

七

「やはり、平松が陰で動いていたか」

堂本が顔をしかめて言った。

堂本道場に、六人の男が車座になっていた。源九郎、堂本、竜之助、桐山、菅井、安田である。

源九郎は青田家を探った後、堂本道場に足を運んできたのだ。孫六と平太は、先にはぐれ長屋に帰っている。武士たちに交じって話すのは、気が引けるだろうし、何か大事なことがあれば、後で源九郎がふたりに話せば済むのだ。

「旗本の青田政之助が、平松たちの後ろ盾になっているようだ」

源九郎はそう言って、孫六たちとともに青田家を見張り、何人かの男から聞き込んだ青田家のことや平松とのかかわりなどを話した。

「それで、平松や繁山たちは、この道場を潰して、近くに道場を建てようとしているのか」

竜之助が、顔に怒りの色を浮かべて言った。その場にいた堂本と桐山の顔も、怒りに染まっている。

　次に口をひらく者がなく、道場内は重苦しい沈黙につつまれたが、

「平松や繁山たちの思うようにはさせぬ。……なに、相手の様子が知れたのだ。平松たちが手を出せば、返り討ちにしてくれる」

　源九郎が言うと、

「道場破りに来たら、木刀で頭を打ち砕いてやります」

　竜之助が強い口調で言った。すると、その場にいた男たちも、平松や繁山たちに立ち向かうことを口にした。

　源九郎たちはさらに話し合い、今後平松と繁山たちの動きに目を配り、道場に踏み込んできたり、堂本道場の門弟に手を出すようなことがあれば、平松や繁山たちを討つことにした。

「さて、今日は、このまま長屋に帰るか」

　源九郎が腰を上げた。すると、安田と菅井も立ち上がった。いっしょに帰るつもりらしい。

「それがしも、帰ります」

　桐山が腰を上げた。

桐山は源九郎たちが道場を出てから、小半刻（三十分）ほどして道場を後にした。まだ、暮れ六ツ（午後六時）前だったが、辺りは薄暗かった。陽が雲のなかに入ったためらしい。

桐山家の屋敷は、御徒町にあった。桐山は御家人の次男で他家に養子にいく話もあったが、できれば剣で身を立てたいと思っていた。

桐山は武家屋敷のつづく御徒町の通りを東にむかって歩いた。夕暮れ時でもあり、通りはひっそりとしていた。ときおり、供連れの武士が通りかかるだけである。

歩き出して間もなく、桐山は背後から歩いてくるふたりの武士に気付いた。ふたりとも小袖にたっつけ袴姿で、網代笠《あじろがさ》をかぶって顔を隠していた。

……後ろのふたり、俺を尾けているのかもしれぬ。

と、桐山は思った。

ふたりは、同じ間隔を保って桐山の後を歩いてくるからだ。

桐山は足を速めた。そして、一町ほど歩いてから、それとなく背後を振り返って見た。やはり、ふたりは同じ間隔を保っている。

それから一町ほど歩き、道の両側に旗本屋敷の築地塀がつづく所まで来たときだった。

桐山は背後から近付いてくる足音を耳にした。

振り返ると、背後にいたふたりの武士が、小走りに近付いてくる。

……俺を襲う気だ！

と、桐山は胸の内で声を上げた。そして、走りだした。ふたりの武士から逃げようとしたのだ。

だが、すぐに桐山の足がとまった。前方の旗本屋敷の築地塀の陰から別の武士がふたり、通りにあらわれたのだ。ふたりとも、背後のふたりと同じように網代笠を被っていた。ただ、身装《みなり》は小袖に袴姿だった。

桐山は足をとめた。四人の武士はこの場で桐山を挟み撃ちにするため、網を張っていたようだ。

桐山は、旗本屋敷の築地塀を背後にして立った。前後から攻撃されるのを防ごうとしたのだ。

左右から四人の武士が走り寄り、桐山を取り囲むように立った。正面で桐山と対峙《たいじ》した武士が、

「桐山、観念するんだな」

と、くぐもった声で言った。

「おぬし、何者だ！」

桐山が声高に誰何《すいか》した。武士は大柄で首が太く、肩幅がひろかった。どっしりと腰が据わっている。

「冥土の土産《みやげ》に、教えてやろう。……平松政兵衛だ」

「平松だと！」

思わず、桐山は声を上げた。一刀流の道場主の平松である。

「いくぞ！」

平松は言いざま、抜刀した。すると、他の三人も刀を抜いた。ただ、この場は平松に任せるつもりらしく、大きく間合をとっていた。

「抜け！　桐山」

平松が低い声で言った。

「おのれ！」

桐山は刀を抜いた。逃げ場がなく、やるしかなかったのだ。

ふたりは、相青眼に構え合った。

間合はおよそ三間――。まだ、一足一刀の斬撃の間境の外である。

平松は青眼に構えた刀身を上げて八相に構えたが、すぐに、刀身を下げて切っ先を右手にむけた。刀身がほぼ水平になっている。

「横霞《よこがすみ》、受けてみるか」

平松が低い声で言った。桐山を見据えた双眸《そうぼう》が切っ先のようにひかっている。

「横霞だと！」

桐山は、横霞と称する技を知らなかった。おそらく、平松が独自に工夫した技であろう。いっとき、ふたりはそれぞれの構えをとったまま対峙していたが、

「いくぞ！」

と平松が声をかけ、先《せん》をとった。足裏を摺《す》るようにしてジリジリと間合を狭めてくる。

対する桐山は、動かなかった。青眼に構え、剣尖《けんせん》を平松の目にむけたままふたりの間合と、平松の気の動きを読んでいる。

……あと、一歩！

桐山は胸の内で、斬撃の間境まであと一歩と読んだ。

そのとき、ふいに平松の寄り身がとまった。そして、右手にむけていた刀の切

っ先をすこしずつ背後にむけ始めた。

切っ先が、桐山の視界から消え、刀の柄頭《つかがしら》だけが見えた。

刹那《せつな》、平松の全身に斬撃の気がはしった。次の瞬間、平松は一歩踏み込み、刀を振り上げざま真っ向に斬り下ろした。

咄嗟《とっさ》に、桐山は一歩身を引いて平松の斬撃をかわしたが、上半身だけ後ろに引いたため、体勢がくずれた。

刹那、平松の体が躍った。

真っ向から横へ——。

縦にはしった青白い閃光《せんこう》が、桐山の目に映じた。だが、横に払った斬撃はまったく見えなかった。横に払った二の太刀が迅かったことと、平松の身が桐山の眼前に迫り、右手にむけられた刀身が桐山の視界から外れたからだ。

真っ向への斬撃は、捨て太刀といってもいい。真っ向に斬り込みざま敵に急迫し、横へ払う二の太刀を敵の視界からはずしたのだ。

平松の切っ先が、桐山の腹を横に斬り裂いた。

グワッ！　という呻《うめ》き声を上げ、桐山は前によろめいた。だが、桐山は倒れなかった。左手で斬られた脇腹を押さえ、右手だけで刀の柄を摑んで、振りかぶった。

「おのれ！」

桐山は叫び声を上げ、平松にむかって斬り込んだ。

右手だけで刀を振り上げ、真っ向へ斬り下ろした。だが、迅さも鋭さもなかった。片手で振り下ろしただけの斬撃である。

平松は一歩身を引いて、桐山の切っ先をかわすと、手にした刀を横に払った。一瞬の太刀《たち》捌《さば》きである。

平松の切っ先が、桐山の首筋を横に斬り裂いた。次の瞬間、血が赤い帯のように飛んだ。切っ先が、首の血管《ちくだ》を斬ったのである。

桐山は、悲鳴も呻き声も上げなかった。血を撒《ま》き散らしながら、腰から崩れるように倒れた。

平松は血刀を引っ提げたまま、桐山のそばに行き、桐山が死んだことを確かめると、

「長居は無用」

と、三人に声をかけ、その場から身を引いた。

八

源九郎は、長屋の家で昨夜炊いた飯の残りを湯漬けにして食っていた。菜《さい》はなく、湯漬けだけだったが、腹が減っていたので旨《うま》かった。

源九郎が丼《どんぶり》の湯漬けを平らげたとき、戸口に近寄る何人かの足音がした。急いでいるのか、小走りで来るようだ。足音は戸口でとまり、

「旦那、起きてやすか！」

と、孫六の声がした。

「起きてるぞ」

源九郎が声をかけると、すぐに腰高障子があいた。

姿を見せたのは、お熊と孫六、それにさよだった。

「何かあったのか」

源九郎は、手にしていた丼を脇に置いて訊いた。

「き、桐山どのが……」

さよが声を震わせて言った。

「桐山がどうした」

すぐに、源九郎が訊いた。

「何者かに、斬られました」

「なに！　桐山が斬られたと」

源九郎の声が大きくなった。

「はい、いま、父上と兄上は、桐山どののそばにいます。わたしが、華町さまに知らせに来ました」

「場所はどこだ」

源九郎は立ち上がり、座敷の隅に置いてあった刀を摑んだ。このまま桐山が斬られた場所に行こうと思った。

「わたしも、いっしょに行きます」

さよが言った。

すると、孫六が、長屋にいる菅井たちに、知らせるかどうか、源九郎に訊いた。

「孫六、長屋をまわってな。都合のつく者は、堂本道場に来るように話してくれ。道場には、桐山が殺された場所を知る者がいるはずだ」

「承知しやした」

孫六は、腰高障子をあけて外に飛び出した。

「さよどの行くぞ」

源九郎は刀を手にして戸口から出た。

「だ、旦那、気をつけておくれよ」

お熊が、おろおろしながらついてきた。

源九郎とさよが路地木戸のところまで来ると、お熊は足をとめ、

「ふ、ふたりとも、無茶をしないでね」

と、心配そうな顔で声をかけた。

源九郎とさよは路地木戸から出ると、竪川沿いの通りにむかって走った。だが、すぐに、源九郎の足は遅くなった。息が乱れ、顔に汗が浮いている。源九郎は走るのが苦手だった。

さよは源九郎の様子を見て、走るのをやめた。そして、源九郎の歩調に合わせて歩きだした。

ふたりは竪川沿いの通りから、大川にかかる両国橋を渡った。そして、神田川沿いの通りに出て和泉橋を渡り、さらに北にむかうと、武家地に出た。その辺りは、御徒町である。御徒町に入ってすぐ、源九郎とさよは左手の路地に入った。

その路地沿いに、堂本道場はある。

遠方に小さく堂本道場が見えてきたとき、

「あそこです」

さよが、路地の先を指差して言った。

路地に人だかりができていた。集まっているのはほとんどが武士で、堂本や竜之助の姿もあった。

源九郎とさよが近付くと、ひとだかりのなかから、「華町さまだ」「さよどのも、いっしょだぞ」などという声が聞こえた。声の主は、堂本道場の門弟だった。門弟たちも、桐山が斬殺されたことを聞いて駆け付けたのだろう。

「華町どの、ここへ」

ひとだかりのなかほどにいた堂本が、手を上げて源九郎を呼んだ。堂本の脇に、竜之助が立っている。

源九郎とさよが近付くと、人だかりが割れ、堂本と竜之助の足元に横たわっている男の姿が見えた。桐山らしい。桐山は、仰向けに倒れていた。

「見てくれ、桐山だ」

堂本が、足元に横たわっている桐山を指差して言った。

桐山は腹と首を斬られていた。着ている小袖と倒れている周辺が、どす黒い血に染まっている。

……遣い手だ！

桐山を斬殺した者は遣い手だ、と源九郎はみた。

斬殺した者は、桐山の胴を先に斬り、間を置かずに首を斬って仕留めたらしい。一瞬の連続技にちがいない。先に首を斬れば、胴を斬る必要がなかったからだ。

「桐山を斬ったのは、何者だ」

源九郎が訊いた。

「分からぬ。桐山は、昨日、道場を出た後、この場を通りかかり、そのとき斬られたようだ」

堂本が言った。

「いずれにしろ、平松か、平松に与《くみ》する者だな。辻斬りや物取りと思えんからな」

源九郎が桐山の死体に目をやっていると、

「華町どの、胴と首を斬る太刀筋に覚えがありますか」

竜之助が訊いた。

「覚えはないが、変わった太刀筋だな。それに、桐山を斬ったのは、遣い手とみていい」

源九郎が言うと、竜之助がうなずいた。桐山の傷口にむけられた竜之助の双眸が、切っ先のようにひかっている。剣客らしい顔である。

源九郎たちが桐山の死体に目をやっていると、菅井と安田、それに孫六と茂次が近寄ってきた。茂次は、仕事に出ずに長屋にいたのだろう。

菅井と安田は、すぐに横たわっている桐山に目をやった。

「どうだ、その切り口に覚えがあるか」

源九郎が、菅井と安田に目をやって訊いた。

「ない」

安田が言うと、菅井がうなずいた。

「変わった技だな。胴を斬った後、首を斬ったのだぞ」

菅井が、横たわっている桐山を見据えながら言った。菅井の双眸が、刺すようなひかりを帯びている。

「いずれにしろ、桐山の亡骸《なきがら》をこのままにしておくことはできん」

そう言って、堂本が近くにいた門弟たちを呼んだ。そして、辻駕籠《つじかご》を呼んでくるよう指示した。駕籠で、桐山の亡骸を桐山家まで運ぶつもりらしい。

第四章　反撃

一

源九郎は菅井、孫六、平太の三人を連れて、平松家の屋敷にむかった。屋敷内で稽古している男から、話を訊《き》くつもりだった。

源九郎たちは、神田川にかかる和泉橋を渡って御徒町の表通りに出た。さらに、北にむかい、平松家の屋敷近くまで来た。

源九郎たちは、平松家の屋敷をかこった板塀に身を寄せて屋敷内の様子をうかがった。気合も、木刀を打ち合う音も聞こえない。剣術の稽古はしてないようだ。

「青田家へ行ってみよう」

源九郎たちは、青田家の屋敷にむかった。

青田家の屋敷は、平松家から三町ほどしか離れていないのですぐである。源九郎たちは、築地塀《ついじべい》で囲われた青田家の屋敷近くまできた。

源九郎たちは、青田家の屋敷の築地塀に身を寄せて聞き耳を立てた。気合や木刀を打ち合う音が聞こえた。どうやら、屋敷の庭で、剣術の稽古をしているようだ。

源九郎たちは築地塀のそばに立ったまま、しばらく屋敷内から聞こえてくる稽古の音に耳を傾けていたが、

「華町、稽古の音を聞いているだけか」

と、菅井が渋い顔をして訊いた。なかなか稽古が終わらないので、焦《じ》れてきたらしい。

「そう焦るな。そろそろ終わるはずだ」

源九郎が窘《なだ》めるように言った。

それから、小半刻（三十分）ほど経ったが、まだ稽古の音はつづいていた。

菅井が両手を突き上げて伸びをした。そのとき、ふいに動きがとまった。

「おい、だれか、出てきたぞ」

と、菅井が言った。突き上げた両手は、そのままである。

見ると、青田家の屋敷の長屋門の脇のくぐりから若侍がひとり、通りに出てきた。若侍は小袖に袴姿だった。何か都合があって、稽古の途中、屋敷から出てきたのかもしれない。

「おれが、話を訊いてくる」

そう言って、菅井は築地塀の陰から出て若侍の後を追った。

菅井は若侍に近付き、

「しばし、しばし」

と、声をかけた。

若侍は足をとめて振り返り、菅井を目にすると、

「それがしですか」

と、菅井に訊いた。顔に警戒の色がある。面識のない牢人体の武士に、呼び止められたからだろう。それに、菅井は総髪で、大刀しか腰に差していなかった。無頼牢人のようである。

「ちと、訊きたいことがあるのだ。歩きながらでいい」

菅井が愛想笑いを浮かべて言った。

だが、若侍の顔から警戒の色は消えなかった。それでも、菅井といっしょに歩きだした。用件も聞かずに、逃げ出せなかったのだろう。

「いま、青田家の屋敷から出てきたのを目にしたのだが、おぬし、青田家の者か」

菅井が、世間話でもするような口調で訊いた。

「ちがいます」

若侍が素っ気なく言った。

「屋敷から剣術の稽古の音が聞こえたのだが、庭で稽古をしていたのか」

「そうです」

若侍は、すこし足を速めた。

菅井も足を速め、

「平松どのは、いたのか」

菅井が平松の名を出した。

「平松さまと、知り合いですか」

若侍は、歩調を緩めて振り向いた。

「そうだ、若いころから親しくしていたのだ」

菅井が口許に薄笑いを浮かべて言った。

「それなら、青田さまの屋敷に立ち寄って、平松さまにお会いすればよかったのに」

若侍は、またすこし足を速めた。菅井の話が信用できなかったらしい。

「まだ、話がある」

菅井も足を速めた。

菅井が若侍の脇へ身を寄せたとき、ふいに若侍が足をとめた。そして、体を菅井にむけた。若侍は、右手を刀の柄《つか》に添えていた。昂奮して目がつり上がり、体が顫えている。無頼牢人に因縁をつけられたと思ったのかもしれない。

「ま、待て!」

菅井がそう言って、一歩身を引いたが、咄嗟《とっさ》に、菅井も刀の柄に手を添えて、抜刀体勢をとっていた。

そのとき、若侍は刀を抜き、甲走った気合を発して斬りつけてきた。構えも、気攻めもない。ただ、刀身を振り上げて、真っ向へ斬り下ろしただけである。

刹那《せつな》、菅井が抜き付けた。居合の一瞬の抜き打ちである。

若侍の切っ先は、菅井の左肩をかすめて空を切り、菅井の切っ先は、若侍の右の前腕を薄く斬り裂いた。

菅井は若侍に深手を負わせないよう、かすり傷程度にとどめたのだ。それでも、若侍は逆上して、その場から走り出そうとした。

「動くな！」

菅井が、切っ先を若侍の鼻先に突き付けた。

「た、助けて……！」

若侍が声を震わせて言った。

「おれは、話を訊いただけだぞ。おぬしを斬る気など、まったくないのに」

菅井が顔をしかめて言った。

そこへ、源九郎たち三人が走り寄った。

「こいつ、逆上して逃げようとしたのだ」

菅井が渋い顔をして言った。

「いずれにしろ、ここで話を訊くわけにはいかないな」

源九郎は、通りの左右に目をやって言った。遠方に、供連れの武士の姿が見えた。こちらにむかって歩いてくる。

「わしらは何もせん。話を訊くだけだ」

源九郎は穏やかな声で言い、「いっしょに来てくれ」と、若侍の耳元で言った。そして、菅井と源九郎が若侍の左右につき、孫六と平太が後ろにまわった。

源九郎たち四人は、若侍を取り囲み、通りを足早に歩いた。背後から来る武士から間を取ろうとしたのだ。

二

源九郎たちは、若侍を堂本道場まで連れていった。御徒町の通りは武家屋敷がつづき、他人の目を逃れて話を訊くような場所がなかったのだ。

堂本道場は稽古を終えた後で、門弟たちの姿はなかった。道場内には、源九郎、菅井、堂本、竜之助、木島、それに稽古にくわわっていた安田とさよがいた。

孫六と平太の姿は、なかった。先に、はぐれ長屋に帰したのだ。源九郎は、ここで話したことを長屋に帰ってから孫六と平太に伝えるつもりだった。

源九郎は、若侍を捕らえた経緯を話した後、

「話を訊くような場所がなくてな。ここまで、連れてきたのだ」

と、言い添えた。

「それはありがたい。わしらも訊きたいことがあるのでな」

堂本が言った。

源九郎は、後ろ手に縛られ、道場の床に腰を落としている若侍の前に立ち、

「おぬしの名は」

と、穏やかな声で訊いた。

若侍は何も言わなかった。青ざめた顔で、身を顫わせている。

「いまさら、名を隠すことはあるまい」

源九郎はそう言った後、「名は、なんというな」と小声で訊いた。

「……川島栄次郎《かわしまえいじろう》」

若侍も、小声で名乗った。

「平松道場の門弟か」

「そうだ」

「平松は一門の者を青田家の屋敷の庭で指南しているようだが、いま門弟はどれほどいるのだ」

源九郎が訊いた。

「青田様のお屋敷に来ているのは、五、六人だが、門弟は十数人いる」

川島は隠さず話すようになった。もっとも、源九郎が訊いたのは、隠す必要のないことだけである。

「平松は新しく道場を建てるようだな」

「建てる。それまで、狭い庭で我慢しているのだ」

川島の声が語気を強くして言った。

「どこへ、建てるのだ」

源九郎が小声で訊いた。

川島は口をつぐんで、戸惑うような顔をしていたが、

「この近くだ」

と、小声で言った。

「道場を建てる金は、だれが出すのだ」

源九郎が念を押すように訊いた。

「詳しいことは知らないが、青田さまらしい」

「やはりそうか。……ところで、桐山どのを斬ったのは、だれだ」

源九郎が川島を見据えて訊いた。

川島は戸惑うような顔をして口をつぐんでいたが、

「平松どのだ」

と、小声で言った。

「平松ひとりで桐山を襲ったのか」

「他に三人いたらしい」

そう言って、川島は肩を落とした。

「やはり、そうか」

源九郎は呟くと、その場にいる堂本たちに目をやり「何かあったら、訊いてくれ」と言って、身を引いた。

堂本が川島の前に立ち、

「繁山も、平松たちが桐山を斬ったのを知っているな」

と、語気を強くして訊いた。

「知ってるはずだ」

川島が小声で言った。

「やはりそうか」

堂本はそう言った後、

「平松たちは、桐山だけでなく、他にも狙っている者がいるのではないか」

と、静かだが強いひびきのある声で訊いた。

川島は戸惑うような顔をして口をつぐんでいたが、

「ここにいるひとたちを……」

と、首をすくめて言った。

「わしら、みんなを狙っているのか！」

堂本が、その場にいる者たちに目をやって言った。

源九郎は、驚かなかった。桐山の斬殺死体を見たときから、桐山だけでなく、わしらも狙われるかもしれない、とみていたのだ。

その場にいた安田や木島も、驚いた様子はなかった。源九郎と同様、胸の内で、自分も狙われるのではないか、と思っていたのだろう。

「用心しないとな」

源九郎が、その場にいる者たちに目をやって言った。

源九郎たちの質問が途絶えたところ、

「今日あったことは他言しませんから、帰してください」

と、川島が源九郎たちに目をやって言った。

「帰してもいいが、おぬしは、死にたいのか」

源九郎が言った。

「……！」

川島の顔から血の気が引いた。源九郎に斬られると思ったらしい。

「おぬしを斬るのは、わしではない。繁山か中西だ」

源九郎が川島を見つめて言った。

「繁山どのが」

川島が、驚いたような顔をして聞き返した。

「おぬしが、わしらに捕らえられたことは、すぐに知れるぞ。平松もそうだが、繁山や中西は、よく帰ってきたと喜んで迎えてくれるか。……おぬしがわしらに喋《しゃべ》ったことは、すぐに知れる。一門の者たちの見せしめのために、まちがいなく、おぬしは斬られるな」

源九郎が、強いひびきのある声で言った。

「そうかもしれない」

川島の体が、顫えだした。

「わしらは、おぬしを斬ったりはしない。それどころか、おぬしの身を守ってやるつもりだ」

源九郎はそう言った後、

「おぬし、しばらく身を隠せるか」

と、川島に訊いた。

川島はいっとき黙考していたが、

「伯父が、深川《ふかがわ》にいます。そこなら……」

と、小声で言った。

「ほとぼりが冷めるまで、深川に身を隠しているのだな」

源九郎はそう言って、川島の前から身を引いた。

三

「平松一門の者が、われらに手を伸ばすのを待っているだけという手はありません」

竜之助が語気を強くして言った。

源九郎たちは車座になり、道場の床に座していた。川島の姿はない。すでに、川島は道場を出ていた。すぐにも、深川にむかうはずである。

「竜之助どのの言うとおりだ。それで、おれたちは、どう出る」

安田が訊いた。

「わしは、繁山と中西を討つのが先だと思う」

源九郎は、繁山と中西が先頭にたって堂本道場に乗り込んできたり、桐山斬殺の影にいるとみていた。

「おれも、まず繁山と中西を討ちたい」

安田が言った。

「繁山と中西を討とう」

竜之助が、身を乗り出すようにして言った。

そのとき、竜之助と源九郎たちのやり取りを聞いていた堂本が、

「稽古はどうする。道場を閉めるわけにはいかないぞ」

と、男たちに目をやって言った。

「これまでどおり、門弟たちの指南は、木島と竜之助どのにやってもらったらどうだ」

源九郎が言うと、

「おれは、どうする」

安田が訊いた。

「安田にも、道場を頼もう。……繁山たちは道場が手薄とみれば、踏み込んでくるかもしれない」

源九郎が言った。

「すると、繁山と中西の居所を探って討つのは、華町どののひとりか」

安田の顔に懸念の色が浮いた。

「いや、わしひとりではない。菅井にも、いっしょに来てもらうつもりだ」

菅井は気がむくと安田といっしょに堂本道場に来て、稽古の様子を見ていることもあったが、居合で門弟たちと稽古するわけにはいかないので、近頃は源九郎といっしょに行動することが多かった。

「菅井どのが華町どのといっしょなら、おれはこれまでどおり道場に来て、門弟たちの稽古相手になろう」

安田が言った。

それで、源九郎たちの話はまとまった。明日から、源九郎は繁山と中西を討つために菅井といっしょに御徒町にむかうのだ。むろん、孫六と平太もいっしょである。茂次と三太郎には、これまでどおりはぐれ長屋に残ってもらうつもりだった。繁山たちが長屋に何か仕掛けてきたら、源九郎たちに知らせるなり、長屋の者に家に入ってもらうなりの対応をしてもらうのだ。

その日、源九郎と安田が、はぐれ長屋にもどると、茂次と先にもどっていた菅井が顔を出した。

「何かあったのか」

源九郎がふたりに訊いた。

「何もねえんでさァ。それで、華町の旦那に話がありやしてね」

茂次が言った。

「ともかく、上がってくれ」

源九郎は、茂次と菅井を座敷に上げた。

そして、三人が座敷に胡座《あぐら》をかくと、

「菅井も、何か話があるのか」

と、源九郎が訊いた。

「おれは、明日どうするつもりか、訊きにきただけだ」

菅井が言った。

「明日は、御徒町へ行って繁山と中西の居所を摑み、隙をみて討つつもりでいることは知っているな」

源九郎が念を押すように言った。

「おれも、そのつもりでいたのだ」

菅井が素っ気なく言った。

「茂次は」

源九郎が、茂次に目をやって訊いた。

「華町の旦那、あっしと三太郎は、暇なんでさァ」

茂次がうんざりした顔で言った。

「そうか」

源九郎も、茂次と三太郎は暇を持て余しているのではないかとみていた。繁山たちが、はぐれ長屋にも手を出すかもしれないので、念のために茂次たちには長屋に残ってもらったが、何事もなかった。茂次たちは仕事にも出ずに長屋に残っていたので、暇を持て余していたのだろう。

「茂次、繁山たちも、この長屋には手を出さないようだ。三太郎とふたりは、仕事に出てもいいぞ」

源九郎が言った。

「旦那、それじゃァ、あっしと三太郎は分け前を貰っただけで、何もしねえことになっちまう」

「そんなことはない。これまで、わしらは茂次と三太郎が長屋に残ってくれた御蔭で、安心して出られたんだ」

源九郎はそう言った後、菅井に目をやり、

「菅井、そうだな」

と、念を押すように言った。

「華町のいうとおりだ。……おれもな、たいしたことはやってないのだ。茂次、気にすることはないぞ」

「三太郎にな、明日から仕事に出てもいい、と言ってくれ」

源九郎が言った。

「承知しやした。これから、三太郎の家に行って話しやす」

そう言って、茂次は立ち上がった。

茂次が腰高障子をあけて出て行くと、

「菅井、明日だな」

源九郎が言った。

「繁山と中西を斬るのだな」

「そうだ」

「おれの居合で、仕留めてくれる」

菅井が目をひからせて言った。

四

翌朝、源九郎が流し場で顔を洗っていると、戸口に近付いてくる足音が聞こえた。菅井らしい。

足音は腰高障子のむこうでとまり、

「華町、いるか」

と、菅井の声が聞こえた。

「入ってくれ」

源九郎が、手拭いで顔を拭きながら言った。

腰高障子があいて、菅井が顔を出した。手に皿を持っていた。握りめしが四つ載せてある。几帳面《きちようめん》な菅井は、今朝めしを炊いて握り飯にしたらしい。

「菅井、今日は将棋をやるつもりはないぞ」

源九郎が言った。

菅井が、握り飯を持参するときは、好きな将棋を指しにくるときが多かったのだ。

「華町、今日は雨ではないぞ」

そう言って、菅井は握りめしの載った皿を手にして座敷に上がった。菅井が朝方将棋を指しにくるときは、雨の日が多かった。両国広小路で居合の見世物ができない雨の日に、将棋を指しにくるのだ。

「華町が、朝から飯を炊くはずはないのでな。握りめしにして、持ってきてやったのだ」

「それは、有り難い」

源九郎が、土間から座敷に上がろうとすると、

「華町、湯は沸いてないだろうな」

菅井が訊いた。

「沸いてない」

源九郎は土間にとどまっていた。

「仕方ない。茶は我慢する。水でいいから、湯飲みに水を入れて持ってきてく

れ」

「分かった」

源九郎は流し場にもどり、ふたつの湯飲みに水を入れて座敷に上がった。

「さァ、いただくぞ」

源九郎は、握りめしに手を伸ばした。

ふたりで握りめしを食べ、茶の代わりに水を飲んで一息ついたとき、戸口に近寄ってくる足音がし、

「旦那、いやすか」

と、孫六の声がした。

「入ってくれ」

源九郎が声をかけると、腰高障子があいて孫六と平太が顔を出した。

「菅井の旦那も、いたんですかい」

孫六が土間に立って言った。平太も、孫六の脇に立っている。

「いま、菅井に、握りめしを馳走《ちそう》になったのだ。腹は膨れたし、出掛けるか」

そう言って、源九郎は立ち上がった。

菅井も立ち、孫六と平太につづいて外へ出た。東の空に、朝日が輝いていた。

五ツ（午前八時）ごろであろうか。

源九郎たち四人ははぐれ長屋を出ると、賑やかな両国広小路を抜け、神田川にかかる和泉橋を渡って、佐久間町へ出た。さらに表通りを北にむかって御徒町に入った。そして、平松家の屋敷のある通りに出た。

源九郎たちは平松家の屋敷のある通りを歩き、屋敷を囲った板塀の近くまで来た。源九郎たちは周囲に目をやり、人影がないのを確かめてから、板塀に身を寄せて聞き耳をたてた。

屋敷内は、ひっそりとしていた。人声がかすかに聞こえた。男のくぐもったような声だった。男の声であることは分かったが、話の内容までは聞き取れない。

「繁山と中西は、いるかな」

源九郎はふたりがいなければ、青田家に行ってみるつもりだった。

「また、近所に住む者に訊いてみやすか」

孫六が言った。以前来たときに、近くの武家屋敷に住む老齢の武士に訊いたことがあったのだ。

「近所の者でも、繁山と中西が屋敷にいるかどうか知るまい。屋敷の奉公人か、門弟にでも訊けば分かるかもしれんが……」

「屋敷内に踏み込むか」

菅井が言った。

「駄目だ。そんなことをすれば、二度と繁山と中西は、この屋敷に近寄らなくなる」

源九郎はそう言ったが、屋敷内に踏み込んで、平松の他に門弟たちが何人もいれば、繁山たちを討つどころか返り討ちに遭う、との思いがあったのだ。

「話の聞けそうな者が出てくるのを待つしかないな」

源九郎が言い添えた。

「気長にやるさ」

菅井が言った。

それから、小半刻（三十分）ほどして、木戸門がすこし開いた。そこから小袖を尻《しり》っ端《ぱし》折《よ》りし、薄汚れた股引《ももひき》を穿《は》いた男が出てきた。中間《ちゅうげん》ではなく、下働きらしい。

「あの男に、訊いてきやしょう」

孫六が、すぐにその場を離れた。

孫六は下働きらしい男に近付き、

「とっつァん、すまねえ」

と、後ろから声をかけた。

「あっしですかい」

男が足をとめて振り返った。孫六に、不審そうな目をむけている。

「おめえ、平松さまのお屋敷で下働きをしてるのかい」

孫六が訊いた。

「そうだが、おめえさんは」

男は孫六を見つめている。

「おれか。……おれは、平松さまの道場が三枚橋の近くにあったとき、ちょいと世話になったことがあるのよ」

孫六は、三枚橋の道場のことを口にした。下働きらしい男に、信用させるためである。

「おめえさん、そのころ奉公してたのかい」

男の顔から、不審そうな表情が消えた。

「そうよ」

「それで、あっしに何か用があるのかい」

男の方から、孫六に訊いた。

「いや、繁山さまと中西さまにちょいと用があってな。お屋敷にいるかどうか、訊きてえのよ」

「中西さまは、いたな」

「中西さまだけかい」

「今日、見掛けたのは、中西さまだけだな。繁山さまも、よく見えるんだがな」

「中西さまは、お屋敷から出てくるかい。あっしひとりで、お屋敷に入るのは、気が引けるのよ」

「出てくるよ。近くのお屋敷に、剣術の稽古にいくようだったからな」

男はそう言うと、その場から離れたいような素振りを見せた。無駄話が過ぎたと思ったのかもしれない。

「手間をとらせたな」

孫六が言うと、男はすぐにその場を離れた。

五

孫六は源九郎たちのそばにもどると、下働きの男から聞いたことを話した。

「中西は、屋敷から出てくるのか」

源九郎が、念を押すように訊いた。

「出てくると、言ってやした」

「よし、出てくるまで待とう」

源九郎が言うと、その場にいた菅井がうなずいた。

源九郎たちは板塀の陰に身を寄せて、中西が出て来るのを待った。

それから半刻（一時間）ほど経ったろうか。平松家の木戸門があいて、ふたりの武士が姿を見せた。中西と若侍である。

源九郎たちは、若侍が何者か知らなかったが、門弟のひとりだろうと思った。

中西と若侍は、木戸門の前で別れた。都合のいいことに、中西はひとりで源九郎たちが身を潜めている方に歩いてくる。

源九郎たちは板塀の陰に身を隠したまま、中西が通り過ぎるのを待った。

中西は、足早に歩いてくる。そして、源九郎たちが身を隠している板塀の角を通り過ぎた。

源九郎と菅井が、板塀の陰から通りに出た。すぐに、菅井が走りだした。菅井は中西を追っていく。

中西が足をとめて振り返った。背後に菅井が迫っている。中西は走りだそうとしたが、慌てて板塀に身を寄せた。菅井から逃げる間はない、とみたようだ。

菅井は中西の前に立ったが、源九郎がそばに来ると、中西の左手に素早くまわり込んだ。この場は、源九郎に任せようとしたらしい。菅井の遣う居合は、峰打ちにするのが難しいのだ。

「華町か！」

中西が声を上げた。目がつり上がり、体がかすかに顫えている。

「中西、観念しろ」

源九郎は刀を抜き、刀身を峰に返した。中西を斬らずに、生きたまま捕らえるためである。

「返り討ちにしてくれる！」

中西も抜刀した。

ふたりは、相青眼に構えあった。源九郎は、どっしりと腰の据わった隙のない構えだった。中西はやや腰が浮き、切っ先が小刻みに震えていた。真剣勝負の気の昂《たかぶ》りのせいである。

ふたりの間合は、およそ二間半――。真剣勝負の立ち合いとしては近かった。

通りが狭いため、広く取れないのだ。

ふたりは相青眼に構えたまま気魄《きはく》で攻め合っていたが、源九郎が先《せん》をとった。

「いくぞ！」

と、源九郎が声をかけ、摺《す》り足で中西との間合を狭め始めた。

対する中西は、動かなかった。切っ先を源九郎の目にむけていたが、切っ先の震えはとまらなかった。

源九郎は、一足一刀の斬撃の間境に踏み込むや否や仕掛けた。

イヤアッ！

裂帛《れっぱく》の気合を発し、青眼から真っ向へ斬り込んだ。

咄嗟に、中西は刀を振り上げて、源九郎の斬撃を受けた。だが、腰が浮いていたために、源九郎の強い斬撃に押されて腰がくずれ、後ろによろめいた。

すかさず、源九郎は踏み込みざま、切っ先を中西の喉元につけ、

「刀を捨てろ！」

と、鋭い声で言った。

中西は手にした刀を捨てた。源九郎に切っ先を突き付けられ、刀を構えることもできなかったのだ。

そこへ、菅井、孫六、平太の三人が走り寄り、中西の両腕を後ろにとって縛った。そして、猿轡《さるぐつわ》をかませると、手拭いで頰っかむりさせた。猿轡が目立たないように顔を隠したのである。

「華町、中西をどこへ連れていく」

菅井が訊いた。平松家の屋敷近くで、中西から話を訊くことはできない。平松家にいる者に知れたら襲撃されるだろう。

「この近くに、話を訊くような場所はないな」

源九郎が言った。

道沿いには、御家人や小身《しようしん》の旗本の屋敷が並んでいた。それに、ときおり供連れの武士や近くの屋敷に奉公する中間などが通りかかる。

「堂本道場まで連れていくか」

菅井が訊いた。

「そうだな」

源九郎は、人目のないところを探すより、堂本道場に連れていった方が早いだろうと思った。

源九郎たちは中西を取り囲むようにしてその場を離れ、堂本道場にむかった。

そのとき、木戸門の前で中西と別れた若侍が、遠ざかる源九郎たちの後ろ姿に目をやっていた。若侍は背後で刀身の弾き合う音がしたのを耳にして振り返り、中西が何者かと闘っているのを目にしたのだ。

すぐに若侍は通り沿いで枝葉を茂らせていた欅《けやき》の樹陰に身を隠し、闘いの様子を見ていた。

そして、中西が見知らぬ武士に敗れ、縄をかけられて連れていかれるのを見ると、欅の樹陰から出て跡を尾け始めた。

中西を捕らえた者たちは、人目に触れぬよう人通りのすくない道をたどるようにして、神田佐久間町の方にむかっていく。そして、佐久間町に入る手前で右手の通りに折れた。

……堂本道場に、連れていく気だな。

若侍が、呟いた。中西を捕らえた者たちがむかった先に、堂本道場がある。

若侍は中西を捕らえた者たちが、堂本道場に入るのを確かめてから、踵《きびす》を返した。平松家の屋敷にもどり、中西が捕らえられたことを知らせるつもりだった。

六

堂本道場のなかに、七人の男の姿があった。堂本、竜之助、安田、木島、源九郎、菅井、それに捕らえてきた中西である。稽古は終わっていたので、門弟たちの姿はなかった。さよは母屋にいる。

源九郎たちといっしょにきた孫六と平太は、道場の戸口の近くにいた。見張り役である。

「堂本どの、先に中西に訊いてくれ」

源九郎が言った。道場に関わることを中心に訊くことになるので、堂本にまかせようと思ったのだ。

「桐山を斬ったのは、おぬしたちだな」

堂本が中西に訊いた。

「し、知らぬ」

中西が声をつまらせて言った。顔が強張《こわば》り、体が顫えている。

「川島栄次郎が、おぬしや平松といっしょに桐山を襲ったと話したのだ。実際に斬ったのは平松らしいが」

堂本はそう言った後、「おぬしたちだな」と念を押した。

中西は隠しても無駄だと思ったらしく、

「平松さまの指図に従ったまでだ」

と、小声で言った。

「平松はこの近くに道場を建てようとしているようだが、なぜ、この近くにこだわっているのだ」

堂本が中西を見据えて訊いた。

「この近くは、門弟が集まりやすいからだ」

中西が言った。

「それだけではあるまい」

「……………」

中西は答えずに、堂本から視線を逸らせた。

「なぜだ」

堂本が語気を強くして訊いた。

「御徒町界隈《かいわい》に、剣術道場はひとつあればいい」

中西が昂った声で言った。

「どういうことだ」

　堂本が訊いた。

「平松どのの胸の内は知らないが、御徒町に剣術道場はひとつでいいと言っていた」

　中西は、他人《ひと》ごとのような物言いをした。

「まさか、この道場を潰す気ではあるまいな」

　堂本が語気を強くして訊いた。

「平松さまが、どう思っているか、おれには分からぬ」

「どうやら、平松はこの近くに道場を建てるだけでなく、この道場を潰すつもりらしい」

　堂本は顔を怒りに染めて中西の前から身を引き、「華町どの、訊いてくれ」と小声で言った。

「平松の後ろ盾になっているのは、旗本の青田のようだが、道場を建てるまで青田家の庭が稽古場か」

　源九郎が訊いた。

「そうだ。平松さまの屋敷は狭く、剣術の稽古などできない」

「すると、これからも青田家の庭で稽古をつづけるのか」

「剣術の道場が建つまでは、青田さまに屋敷の庭を借りて稽古をつづけることになる」

「そうか」

源九郎は身を引いた。

すると、堂本の脇で話を聞いていた竜之助が、

「繁山は、この道場で師範代までやった男だぞ。その繁山が何故《なにゆえ》、平松などに味方し、門弟の桐山を斬ったりしたのだ」

と、語気を強くして訊いた。

「く、くわしいことは、知らない」

中西が首をすくめた。

「何故、平松に味方したのだ！」

竜之助が鋭い声で訊いた。顔が憤怒に赭黒く染まっている。

「道場が建ったら、師範代にする約束があるようだ。……それに、金だ」

「金だと！」

「そうだ。平松さまは、青田さまから渡された金の一部を繁山どのに……」

中西は、首をすくめて上目遣いに竜之助を見た。

「おぬしも、平松から金を受け取ったのか」

「おれは、わずかだ」

「金で、この道場に刃をむけるとは、おぬしら、それでも武士か！」

竜之助の声が怒りで震えた。

竜之助だけではなかった。その場にいた男たちの顔には、強い怒りの色があった。

次に口をひらく者がなく、道場内が重苦しい沈黙につつまれた。そのとき、道場の入口から孫六が飛び込んできた。

「来やした！　繁山たちが」

孫六が、源九郎たちを見るなり叫んだ。

「なに、繁山たちが来ただと」

思わず、源九郎が聞き返した。

「へい、大勢、来やす！」

「見てくる」

源九郎は、孫六といっしょに道場から飛び出した。道場にいた堂本、竜之助、安田、菅井、木島の五人が、源九郎につづいた。中西は道場内に残したままである。

源九郎たちは道場の戸口から出て、通りの先に目をやった。

「あそこに！」

戸口にいた平太が指差した。

十人ほどの武士が、足早に道場の方へむかってくる。

「平松もいる！」

堂本が、「先頭にいる男が平松ではないか」と声高に言った。堂本は、平松を目にしたことがあるようだ。

「ここで、迎え撃つか」

安田が訊いた。

「道場より、外がいい」

源九郎は、道場内で入り乱れて斬り合うと、味方から何人もの犠牲者が出るとみた。

七

「あそこだ！　何人も出てきたぞ」

道場にむかってくる男たちのなかから声が聞こえた。

「堂本道場のやつらだ！」

叫んだのは、繁山だった。

「すこし、間をとれ」

源九郎が言った。何人もで狭い道場の前に並ぶと、自在に刀がふるえないだけでなく、同士討ちする恐れがあったのだ。

すぐに、源九郎たちは道場の前にひろがった。源九郎は、道場の前からすこし離れた路傍に立った。仲間を気にせず、刀をふるうためである。

平松たちが駆け寄り、源九郎たちのいる場から間をとって足をとめた。

「散らばれ！」

平松が叫んだ。

その声で、男たちは散らばってから、源九郎たちのいる場に近付いてきた。男たちのなかにいたふたりが、道場の前にあいている場があるのを目にし、道場内に飛び込んだ。捕らえられた中西は道場内にいるとみて、助けに入ったのだろう。

源九郎は、道場の前から離れ、背後が雑草に覆われた空き地になっている場に立った。空き地といっても狭かったが、後ろに逃げることはできる。

その源九郎の前に、大柄な武士が近付いてきた。首が太く、肩幅が広かった。身辺に隙がなく、腰が据わっている。

「おぬし、平松政兵衛か」

源九郎が訊いた。源九郎は平松の体軀《たいく》を聞いていたし、男の身辺に隙がないのを見て、平松と思ったのだ。

「いかにも。おぬしは、華町源九郎か」

「そうだ」

「いずれ、おぬしは、おれの手で斬るつもりだったのだ」

言いざま、平松は刀を抜いた。

すかさず、源九郎も抜刀した。ふたりの間合は、およそ三間半――。道場内の稽古のときより、ひろくとっている。

平松は青眼に構えた。どっしりと腰の据わった隙のない構えである。

すかさず、源九郎も相青眼にとって剣尖《けんせん》を平松の目にむけた。源九郎の構えも隙がなく、平松の目にむけられた剣尖には、そのまま眼前に迫っていくような威圧感があった。

「おぬし、できるな」

平松は言いざま、青眼に構えた刀身をすこしずつ上げて、八相に構えた。そして、八相に構えた刀身をすこしずつ右手に倒した。平松は刀身が水平になったところで、動きをとめた。

「横霞……」

平松が低い声で言った。

「横霞とな」

思わず、源九郎が訊いた。奇妙な構えだった。右手にむけた平松の刀身が、細いひかりの筋のように見える。

「いくぞ！」

平松が先《せん》をとった。

源九郎は、青眼に構えた刀の切っ先を平松の右の拳にむけた。八相や上段に対応する構えだが、平松の奇妙な構えを八相とみたようだ。

平松は足裏を摺《す》るようにして、ジリジリと間合を狭めてきた。

源九郎は切っ先を平松の拳につけたままふたりの間合と、平松の斬撃の起こりを読んでいる。

ふいに、平松の寄り身がとまった。斬撃の間境まであと一歩である。

平松は、右手にむけていた切っ先をすこしずつ背後にむけた。平松の刀身が源九郎の視界から消え、見えるのは柄頭《つかがしら》だけになった。

……平松の刀が消えた！

源九郎が頭のなかで声を上げた。

そのとき、平松の全身に斬撃の気がはしった。平松は踏み込み、刀を振り上げざま真っ向に斬り下ろした。

刹那、源九郎は一歩身を引いて、平松の真っ向への斬撃をかわした。

次の瞬間、平松は刀身を横に払った。

真っ向から横一文字へ――。

平松の刀身が、十文字にはしった。源九郎は真っ向への斬撃を目にしたが、横にはしった刀身はまったく見えなかった。あまりに、迅《はや》かったからだ。

だが、源九郎の体が勝手に反応した。さらに、半歩身を引いて、横へ払った平松の切っ先をかわしたのだ。

源九郎は平松の次の斬撃を避けるため、後ろに跳んだ。一瞬の反応である。

源九郎は平松との間合を大きくとり、ふたたび青眼に構えて切っ先を平松にむけた。平松も相青眼に構えた。

「おれの横霞。よくかわしたな」

平松が、源九郎を見つめて言った。全身に気勢が漲《みなぎ》り、双眸《そうぼう》が燃えるようにひかっている。

……横霞とな。

源九郎は胸の内で、平松が口にした横霞とは、真っ向に斬り下ろした後、横に払った剣のことだろうと思った。まさに、霞に閉ざされたように平松の刀身が見えなかったのである。

「次は、おのれの腹を斬り裂いてくれる」

言いざま、平松は青眼に構えた。

源九郎も青眼に構え、剣尖を平松の目にむけた。

そのとき、道場内に入ったふたりの男が、戸口から外へ飛び出してきた。そして、味方の男たちにむかって、

「始末がついたぞ！」

と、声高に叫んだ。

すると、源九郎に切っ先をむけていた平松が、素早い動きで身を引いた。そして、「勝負、あずけた！」と叫びざま、反転して走りだした。逃げたのである。

これを見た平松の仲間たちは、次々に敵対していた相手から身を引いて間合をとり、平松の後を追って逃げ出した。

「逃げたぞ！」

菅井が声を上げ、逃げた男たちを追おうとした。

「菅井、追うな」

源九郎が声をかけた。下手に追うと、返り討ちに遭うとみたのだ。

菅井は足をとめた。源九郎にとめられたこともあったが、追っても追いつかないとみたらしい。

「道場から出てきた男だが、中西を助け出した様子はなかったな」

堂本が言った。

「入ってみよう」

源九郎が言い、その場にいた堂本、竜之助、安田、木島、菅井、それに孫六と平太が後につづいた。源九郎たちが闘っているとき、孫六と平太は道場の脇に身を隠していたのだ。

道場内は、ひっそりとしていた。立っている人影はない。

「あそこに、倒れている！」

堂本が師範座所の脇を指差した。

男が道場の床に俯《うつぶ》せに倒れていた。

「中西だ！」

安田が言った。

源九郎たちは、すぐに倒れている中西のそばに走り寄った。中西は背後から斬られたらしく、肩から背にかけて小袖が裂け、辺りに血が飛び散っていた。

中西は、まだ生きていた。苦しげな喘《あえ》ぎ声を上げている。

「しっかりしろ」

源九郎が、中西の両肩を摑《つか》んで身を起こしてやった。

中西は顔を歪《ゆが》め、体を顫わせていた。苦しそうに喘いでいる。

「繁山たちは、おまえを助けに来たのではなく殺しに来たようだ」

源九郎が言った。

「お、おのれ！」

中西は憤怒に顔をゆがめたが、すぐに苦痛の表情に変わった。息が荒くなり、肩で息するようになった。

……長くない。

と、源九郎はみて、

「中西、おまえの敵《かたき》はわしらがとってやる。平松の屋敷には、ふだん門弟はどれほどいるのだ」

と、核心から訊いた。

「そ、その日によってちがう」

中西の息が荒くなった。体も身を起こしているのがやっとのようだ。

「青田家へ出掛けるときは」

さらに、源九郎が訊いた。

「ふだん、五、六人、連れていく」

「繁山はいっしょか」

「い、いっしょのときが多い……」

そのとき、中西は顎を前に突き出すようにして、グッと喉の詰まったような呻《うめ》き声を上げた。体が顫え、頭が揺れた。

「しっかりしろ！」

源九郎は右腕を中西の背にまわして、倒れそうになった体を抱えてやった。中西は体を源九郎の胸に預けたような格好で呻き声を上げたが、急に体から力が抜け、グッタリとなった。

「死んだ」

源九郎が、中西の体を抱いたまま言った。

第五章　待ち伏せ

一

五ツ（午前八時）ごろだろうか。腰高障子が朝日に輝いていた。晴天らしい。

源九郎は、はぐれ長屋の自分の家でひとり湯漬けを食っていた。昨夕、炊いて、夕飯のときに食べた残りのめしを湯漬けにしたのだ。

菜《さい》はなく、湯漬けだけだった。それでも、旨《うま》かった。腹が減っていたからである。

ちょうど、湯漬けを食べ終えたとき、戸口に近付いてくる足音が聞こえた。ふたりらしい。

足音は戸口でとまり、

「華町の旦那、いやすか」

と、孫六の声がした。

「いるぞ」

源九郎が声をかけた。

腰高障子があいて、姿を見せたのは孫六と平太だった。ふたりは、土間に入ってくると、座敷に目をやり、

「菅井の旦那は、まだですかい」

と、孫六が訊《き》いた。

「すぐ、来るだろう」

源九郎は、急いで残った湯漬けを搔《か》き込んだ。

源九郎たちは四人で、これから御徒町へ行くことになっていた。平松と繁山を討つためである。

「待たせてもらいやす」

孫六と平太は、上がり框《がまち》に腰を下ろした。

そのとき、戸口に近付いてくる足音がした。菅井らしい。足音は、戸口でとまり、

「華町、起きてるか」

と、菅井の声がした。

「なかに入れ」

源九郎が声をかけた。

すぐに、腰高障子があいて、菅井が顔をだした。

「なんだ、孫六と平太もいるのか」

菅井が、上がり框に腰を下ろしている孫六と平太に目をやって言った。

「朝めしは食ったか」

源九郎が声をかけた。

菅井は源九郎に目をむけ、丼《どんぶり》を手にしているのを見て、

「めしを食っているのか」

と、訊いた。

「食べ終わったところだ」

「今朝は早いな」

「菅井が遅いのだ。もう陽は高いぞ」

「めしを食ったのなら、出掛けられるな」

菅井が土間に立ったまま言った。

「出掛けよう」

源九郎は丼と大刀を手にして、土間へ下りた。そして、丼を流し場に置き、大刀を腰に差した。

源九郎たち四人ははぐれ長屋を出ると、賑やかな両国広小路を経て、神田川にかかる和泉橋を渡った。そして、表通りを北にむかい御徒町に入った。

源九郎たち四人は平松家の屋敷の近くまで行くと、近くに人影がないのを確かめてから、屋敷をかこった板塀に身を寄せた。そこは、これまでも平松家の屋敷を見張った場所だった。

屋敷内から、人声が聞こえた。何人もの男の声である。いずれも武士のようだ。源九郎は耳を澄ましたが、話の内容までは聞き取れなかった。

「大勢、いるようだ」

源九郎が呟いた。

「狙うのは、平松と繁山だな」

菅井が屋敷の木戸門に目をやって言った。

「ふたり仕留めるのがむずかしいようなら、どちらかひとりを狙ってもいい」

源九郎は、平松と繁山の他に門弟たちがいれば、ふたり討つのは難しいとみた。

「おれが、飛び出して、どちらかを居合で斬る」

菅井が意気込んで言った。

それから、小半刻（三十分）ほどしたろうか。木戸門の木戸があいて、小袖姿の武士が姿を見せた。

「大勢だ！」

孫六が目を剝《む》いて言った。

木戸門から、何人もの若侍が出てきた。木刀を手にしている者もいる。剣術の稽古に行くのではあるまいか。

「繁山だ」

菅井が言った。六人の若侍の後から繁山が出てきた。その繁山につづいて、平松の姿もあった。

「出てきたぞ」

菅井は、板塀の陰から飛び出そうとした。

「待て！」

源九郎は手を伸ばし、菅井の肩先を摑んだ。

「大勢だ。ここで仕掛けたら、返り討ちに遭うぞ」

平松の後からも、若侍が四人出てきたのだ。平松と繁山の他に、十人の若侍がいる。おそらく、若侍は平松道場の門弟たちであろう。

いま、源九郎と菅井が飛び出せば、平松と繁山を討つどころか、間違いなく返り討ちに遭う。

「平松は、わしらに襲われることを予想して、門弟たちを同行させたようだ」

源九郎が、平松たちの一行を睨《にら》むように見すえて言った。

「目の前にいるのに、手が出せないのか」

菅井が顔をしかめた。

「平松たちは、青田家に行くようだ」

源九郎が言った。剣術の稽古のために、平松たちは青田家の屋敷にむかったようだ。稽古に行くなら、門弟たちを連れていっても不審に思う者はいない。

平松たち一行が、通りの先に遠ざかっていく。

「華町、どうする気だ」

菅井が訊いた。

「わしと菅井だけでは、どうにもならぬ。……堂本たちに話してみよう」

源九郎たちは、板塀の陰から通りに出た。

二

堂本道場の稽古が終わり、門弟たちが帰ってから、源九郎たちは道場内に集まった。

源九郎、菅井、堂本、竜之助、木島、それに道場に来ていた安田の姿もあった。孫六と平太は念のため、道場の外で見張っている。

「わしらだけでは、平松たちに手が出せぬ」

源九郎はそう言って、平松たちが襲撃に備えて、何人もの門弟を連れて青田家にむかったことを話した。

「平松は用心して、道場からの帰りも門弟たちを連れてくるはずだ」

菅井が言い添えた。

「用心深いやつだ」

堂本が言った。

次に口をひらく者がなく、道場内は静寂につつまれたが、

「おれも行く」

と、安田が言った。すると、安田のそばにいた竜之助が、

「それがしも、行きます」

と、身を乗り出すようにして言った。

「ふたりが道場を抜けたら、門弟たちに指南する者がいなくなります」

木島が口を挟んだ。

「稽古が終わってから行けばいい。……平松たちが青田家の屋敷に向かうときは、駄目だが、稽古を終えた帰りなら間に合うのではないか」

安田がそう言って、男たちに目をやった。

「稽古が終わってからなら、おれも行く」

それまで黙って聞いていた堂本が言った。

「父上は、足が……」

竜之助が、戸惑うような顔をした。

「足は悪くとも、立ったままなら相手ができる。平松や繁山は無理かもしれぬが、門弟が相手なら後れをとるようなことはない」

堂本がきっぱりと言った。

堂本の胸の内には、倅《せがれ》や源九郎たちだけに危ない橋を渡らせて、自分だけ道場に残って、安穏と過ごせないという思いがあるようだ。

「堂本どのにも、いっしょに行ってもらおう」

源九郎が言った。

源九郎たちは、明日から稽古を早めに切り上げて、平松家の屋敷にむかうことになった。稽古の後、行くことにしたのは、平松たちが屋敷を出ても、青田家から帰るときに、襲うことができるからだ。

その日、源九郎たちは堂本道場を出ると、何処《どこ》にも立ち寄らずに長屋に帰った。今日は長屋でゆっくり過ごし、体を休めるつもりだった。


翌朝、源九郎、菅井、安田、孫六、平太の五人は、陽がだいぶ高くなってから、はぐれ長屋を出た。むかった先は、堂本道場である。

道場の稽古は終わっていた。堂本と娘のさよが、源九郎たちのために母屋でめしを炊き、握りめしを用意してくれた。

源九郎たちは握りめしで腹拵《はらごしら》えをしてから、御徒町の平松家にむかった。堂本と竜之助もくわわっている。

源九郎たち七人は平松家の屋敷に着くと、板塀の陰に身を寄せて屋敷内の様子をうかがった。屋敷のなかは、ひっそりとしていた。人声は聞こえず、屋敷の奥で廊下を歩くような足音や水音などが、ときおり聞こえるだけである。平松の家族か、下働きでもいるのかもしれない。

「ここで、待つか。それとも、青田家まで行って様子をみるか。どうする」

源九郎が、その場にいる菅井たちに目をやって訊いた。

「平松たちは、まだ青田家にいるのではないか」

菅井が言った。

すると、源九郎の脇にいた孫六が、

「青田家の屋敷は、ここから近《ちけ》え。あっしが、様子を見て来やしょうか」

と、言って、男たちに目をやった。

「そうだな。孫六に様子を見てきてもらうか」

源九郎が言った。

「見てきやす」

孫六はそう言い残し、ひとりでその場を離れた。

孫六は平松家の前の道を西にむかった。青田家の屋敷は、平松家の屋敷から遠くなかった。孫六がいっとき歩くと、通りの右手に片番所付きの長屋門を構えた旗本屋敷が見えてきた。青田家の屋敷である。

孫六が長屋門に近い築地塀《ついじべい》のところまで行くと、屋敷内から何人もの人声が聞こえてきた。いずれも若い武士のようだ。その声のやりとりから、剣術のことを話しているのが知れた。

……門弟たちだな。

孫六が胸の内で呟いた。

いっときすると、長屋門の脇のくぐりから若侍がひとり、ふたりと出てきた。小袖に袴姿で、下駄履きの者が多かった。手に木刀を持っている者もいる。どうやら、剣術の稽古を終えて出てきたようだ。

孫六は若侍がひとり、歩いてくるのを目にすると、築地塀から離れて近寄った。

孫六は若侍に身を寄せ、

「お侍さまに、お訊きしてえことがありやす」

と、腰をかがめて言った。

「おまえは、近くの屋敷で奉公している者か」

若侍が、怪訝《けげん》な顔をして訊いた。

「へい、あっしは、近くのお屋敷で中間《ちゅうげん》をしてやす」

孫六は腰をかがめたまま言った。

「それで、おれに何を訊きたいのだ」

若侍は歩きだした。中間と、足をとめて話す気はないようだ。

「平松さまは、お屋敷にいやしたか」

孫六は平松の名を出した。

「おまえ、お師匠を知っているのか」

若侍は足をとめた。驚いたような顔をしている。

「あっしの奉公先のお屋敷の殿さまが、平松さまと懇意にしてやしてね。お屋敷におられるかどうか、訊いてこいと言われて、ここに来たんでさァ」

孫六は、適当な作り話を口にした。

「お師匠は、まだ青田さまのお屋敷におられる」

若侍が言った。

「繁山さまも御一緒ですか」

孫六は、繁山の名も出した。

「いっしょだ」

若侍の顔から不審の色が消えた。男が、平松や繁山のことをよく知っているので、男の話を信じたのだろう。

「そろそろ、青田さまのお屋敷から帰られやすか」

「そうだな、屋敷を出るころかな。稽古を終えて、半刻（一時間）は経つからな」

若侍は、ゆっくりとした足取りで歩きだした。

「手間をとらせやした」

孫六は若侍の背に声をかけて、その場を離れた。

孫六は、小走りに源九郎たちのいる場にもどった。

三

「平松たちの様子は知れたか」

すぐに、源九郎が孫六に訊いた。

「へい、平松たちは屋敷から出てくるようですぜ」

孫六が言った。

「よし、ここで、平松たちが来るのを待とう」

源九郎たちは、すぐにその場から通りの先に目をやった。まだ、平松たちの姿は見えない。

孫六がその場にもどり、一息ついたときだった。

「来やす！」

孫六が声を上げた。

通りの先に、何人もの武士の姿が見えた。七、八人いるだろうか。下駄履きで、小袖に袴姿の若侍が多い。木刀を手にしている者もいた。青田家の屋敷で、剣術の稽古をしたのだろう。

「平松と繁山がいやす」

平太が昂《たかぶ》った声で言った。

見ると、若侍たちのなかに平松と繁山の姿があった。ふたりは、若侍たちと何やら話しながら歩いてくる。

……平松たちに後れをとるようなことはない。

と、源九郎はみた。

平松たちは、総勢七、八人だった。味方は七人で、ほぼ同数である。七人のなかには、源九郎の他に腕のたつ者は、菅井、安田、竜之助、堂本の四人がいる。一方、平松たちのなかで腕が立つのは、平松と繁山だけだろう。他の者は、若い門弟たちである。

平松たちは、何やら喋《しゃべ》りながら歩いてくる。身を潜めている源九郎たちには、気付いていないようだ。

平松たちが近付いてきた。話し声や足音が、はっきりと聞こえる。

そのとき、竜之助が飛び出そうとした。気が逸《はや》ったらしい。

「待て！　引き付けてからだ」

源九郎が、竜之助をとめた。

平松たちは身をひそめている源九郎たちには気付かず、近付いてくる。

平松たちが間近に迫ったとき、

「いまだ！」

と、源九郎が声を上げ、通りに飛び出した。

菅井、安田、竜之助、堂本の四人がつづいた。孫六と平太は、その場に残っている。

源九郎、安田、竜之助の三人が平松たちの前に、菅井と堂本は背後にまわり込んだ。

平松と繁山に同行した門弟たちは目を剝いて、その場につっ立った。いきなり、飛び出してきた五人の武士に驚いたらしい。

「堂本道場のやつらだ！」

繁山が叫んだ。

門弟たちはすぐに動かなかったが、刀の柄《つか》に手を添えて抜刀体勢をとった者もいた。堂本道場のことを聞いていたのだろう。

源九郎は平松の前に立ち、

「平松、勝負の決着をつけようぞ」

と言って、刀の柄に手を添えた。

「また、おぬしか」

平松の顔が、憤怒にゆがんだ。

平松は、素早く腰の刀に手を添えて抜刀した。

源九郎も抜いた。

ふたりの間合は、およそ二間半ほどだった。安田たちや門弟たちが、その場で向き合っていたので、大きく間合を取ることができなかったのだ。

「いくぞ」

源九郎は、青眼に構えた。

平松も青眼に構え、剣尖《けんせん》を、源九郎の目にむけた。腰の据わった隙のない構えである。

竜之助は繁山と対峙《たいじ》していた。

「おぬしが、繁山弥九郎だな」

竜之助が、繁山に念を押すように訊いた。顔が引き締まり、双眸《そうぼう》が切っ先のようにひかっている。

「堂本の倅の竜之助だな」

繁山は言いざま、刀を抜いた。

すかさず、竜之助も抜刀した。ふたりの間合は、およそ二間――。一足一刀の斬撃の間境に近い位置である。

「繁山、堂本道場の師範代だったおぬしが、何故《なにゆえ》、一刀流の平松に与《くみ》したのだ」

竜之助が、訊いた。

「問答無用！」

繁山は、わずかに身を引いた。竜之助の構えをみて、遣い手と察知し、勝負を避けようとしたのかもしれない。

「逃がさぬ！」

竜之助は、足裏を摺《す》るようにして繁山との間合をつめ始めた。

ふいに、繁山の足がとまった。背後に、同行した門弟がいて、それ以上下がれなくなったのである。

このとき、堂本は平松が連れてきた若い門弟のひとりと切っ先を向け合っていた。門弟の顔に、恐れや怯《おび》えの色はなかった。堂本を威嚇《いかく》するように睨《にら》んでいる。門弟は若かったが、堂本の足が悪いのを見て、侮ったらしい。

堂本は青眼に構えた。腰の据わった隙のない構えだった。剣尖が、門弟の目にむけられている。

門弟は青眼から刀を上げ、上段に構えた。ただ、刀身が小刻みに震えていた。気が異常に昂っているのだ。真剣勝負の経験はないらしい。

「お、おぬしの名は」

門弟が声をつまらせて訊いた。

「堂本孫兵衛」

堂本が名乗った。

「ど、堂本道場の主《ぬし》か」

門弟が声をつまらせて訊いた。

「名だけだよ。……見たとおり、足が不自由でな。まともに、稽古もできん」

堂本が口許に笑みを浮かべて言った。

真剣勝負であったが、堂本には余裕があった。門弟に後れをとるようなことはない、と分かっていたし、門弟を斬る気もなかったからだ。

門弟はひき攣《つ》ったような顔をし、後じさりし始めた。道場主の堂本が相手では、勝ち目はないと思ったらしい。

堂本は、門弟との間合をつめなかった。逃げたいのなら、逃がしてやろうと思ったのだ。

四

竜之助は、繁山と二間ほどの間合をとったまま対峙していた。

竜之助は青眼に構えていた。腰の据わった隙のない構えで、剣尖が繁山の目にむけられている。

対する繁山は、八相だった。大きな構えである。刀の柄《つか》を握った手を高く上げ、刀身を垂直に立てている。

ふたりは全身に気勢を漲《みなぎ》らせ、斬撃の気配を見せて気魄《きはく》で攻め合っていた。ふたりとも、動かなかった。敵の気を乱し、構えをくずさないと仕掛けられないのだ。

そのとき、門弟のひとりが、ギャッ、という悲鳴を上げた。菅井の居合で斬られたらしい。この悲鳴で、竜之助と繁山がほぼ同時に動いた。

ふたりは青眼と八相に構えたまま、ジリジリと間合を狭めていく。間合が狭まるにつれ、ふたりの全身に斬撃の気配が高まってきた。

斬撃の間境まで、あと一歩――。

そのとき、ふいに繁山の寄り身がとまった。このまま斬撃の間合に踏み込むのは、危険だと察知したらしい。

だが、竜之助は寄り身をとめなかった。全身に斬撃の気が高まっている。

竜之助は一歩踏み込みざま、ピクッ、と剣先を動かした。誘いだった。斬り込むと見せて、敵の斬り込みを誘ったのである。

刹那《せつな》、繁山の全身に斬撃の気がはしった。

イヤアッ！

裂帛《れっぱく》の気合を発し、繁山が斬り込んできた。

八相から袈裟《けさ》へ——。

一瞬、竜之助は刀身を払って、繁山の刀身を弾き、二の太刀を袈裟に斬り込んだ。神速の太刀捌《たちさば》きである。

ザクッ、と繁山の肩口から胸にかけて、小袖が裂けた。繁山は手にした刀を取り落とし、呻《うめ》き声を上げた。露になった胸に血の線がはしり、血が流れ出た。それでも、繁山は倒れず、腰の小刀の柄を右手で摑んだ。

「動くな！」

竜之助が、繁山の喉元に切っ先を突き付けた。

繁山は、右手で小刀の摑んだまま動きをとめた。口から苦しげな呻き声が漏れている。繁山は立っていたが、体が顫えていた。

そこへ、孫六と平太が走り寄った。ふたりは、竜之助が繁山を斬り殺さずに捕らえようとしているのを見て、手助けに来たらしい。

「旦那、こいつに縄をかけやしょうか」

孫六が訊いた。

「頼む。この男から訊きたいことがあるのだ」

竜之助が、繁山に切っ先を突き付けたまま言った。

すぐに、孫六が懐から細引を取り出し、平太とふたりで、繁山の両腕を後ろにとって縛り始めた。孫六は岡っ引きの経験があったので、こうしたことには慣れていた。繁山は苦しげに顔をしかめて、孫六たちのなすがままになっている。


源九郎は平松と対峙していた。

ふたりの間合は、およそ二間半――。源九郎は青眼に構え、平松は八相から刀身を下げて切っ先を右手にむけていた。横霞の構えである。

源九郎は平松の横霞の構えを見ても、驚かなかった。すでに、平松とは対戦していたからだ。

源九郎と平松は青眼に構えて対峙していたが、先《せん》をとったのは平松だった。

「いくぞ!」

と、平松が声をかけ、足裏を擂るようにして間合を狭め始めた。

源九郎は動かなかった。青眼に構え、剣尖を柄を握った平松の左拳につけたままふたりの間合と平松の気の動きを読んでいる。

ふいに、平松の寄り身がとまった。一足一刀の斬撃の間境まであと一歩である。平松は右手にむけていた切っ先を、すこしずつ背後にむけ始めた。

源九郎は平静だった。以前、平松と対戦しており、平松の遣う横霞を放つ前の動きも目にしていたのだ。

平松の刀身が、源九郎の視界から消えたときだった。

ギャッ！　という悲鳴がひびき、「逃げろ！」と、門弟のひとりが叫んだ。門弟が安田に斬られ、そばにいた門弟が逃げ出したのだ。

これを見た門弟たちは、ひとり逃げ、ふたり逃げして、その場からばらばらと走りだした。

源九郎と対峙していた平松は、

「いずれ、おぬしは斬る！」

と、言い放ち、抜き身を手にしたまま後じさった。そして、源九郎との間がひらくと、反転して走りだした。

源九郎は、平松の後を追わなかった。もっとも、後を追っても、平松に追いつけなかっただろう。老齢の源九郎は、走るのが苦手だった。

戦いは終わった。源九郎とともにこの場で闘った菅井、安田、竜之助、堂本の四人、それに孫六と平太の姿があった。いずれも、無事らしい。

竜之助のそばに繁山が、蹲《うずくま》っていた。小袖が血に染まっている。

その繁山のそばに、孫六と平太の姿もあった。繁山に縄をかけたのは、孫六と平太らしい。

門弟がふたり、苦しげな呻き声を上げて、蹲っていた。ただ、体に血の色はなかった。峰打ちを浴びたらしい。

源九郎はふたりの門弟のうち手前にいた男に近付き、

「おぬしの名は」

と、訊いた。まだ、十五、六と思われる若侍である。

男は苦しげに顔をしかめていたが、

「あ、青田裕介」

と、名乗った。

「青田家の次男か」

源九郎は、青田家の次男が、平松の門人として剣術の稽古をしていると聞いていた。

もうひとりの男は、野沢勝次郎《のざわかつじろう》と名乗った。御徒町に屋敷のある御家人の次男だという。

「このふたりも、連れていこう」

源九郎が、その場にいた菅井たちに言った。

五

源九郎たちは、捕らえた繁山、青田裕介、野沢の三人を堂本道場に連れていった。その場で話を訊くわけにはいかなかったし、繁山を解き放つこともできなかったからだ。

人気《ひとけ》のない道場内は薄暗く、静寂につつまれていた。門弟たちの残した汗の臭いが、ただよっている。

源九郎たちは、まず、繁山から話を訊こうと思った。繁山ひとりを道場のなかほどに座らせ、裕介と野沢は、門弟たちの着替えの部屋に連れていった。着替えの部屋といっても、道場と板戸で仕切られている物置のような狭い場所である。

源九郎たちは、繁山を取り囲むように立った。

「堂本どの、先に訊いてくれ」

源九郎が、堂本に声をかけた。繁山は堂本道場の師範代をやったこともあるので、堂本は、繁山に訊きたいことがあるはずである。

すぐに、堂本は繁山の前に立ち、

「繁山、この道場をやめたのは、どうしてだ」

と、訊いた。声に昂ったひびきがあった。胸に込み上げてきた怒りを抑えているせいらしい。

繁山は傷が痛むのか、黙したまま顔をしかめていたが、

「こ、この道場では、満足な稽古ができなかったからだ」

と、声を震わせて言った。

繁山は肩から胸にかけて小袖が斬り裂かれ、血で赤く染まっていた。傷口からの出血は、まだとまらなかった。顔から血の気が引き、体が小刻みに顫えている。

脇で繁山の様子を見ていた源九郎は、

……この男、助からないかもしれぬ。

と、胸の内で呟いた。

「わしが、稽古をつけられなかったからか」

堂本が訊いた。

「そ、そうだ」

「繁山は、門弟たちに指南する立場だったのだぞ。それに、わしが足を悪くして何年も経つが、その間、繁山は門弟の木島や桐山たちを相手に稽古していたではないか」

堂本が繁山を見すえて訊いた。

「ひ、平松さまに、誘われたからだ」

繁山が顔をしかめて言った。傷が痛むらしい。

「ただ、誘われただけではあるまい」

さらに、堂本が訊いた。

繁山はいっとき苦しげに顔をしかめていたが、

「い、いずれ、おれにも道場を持たせてくれると……」

と、声を震わせて言った。

喘《あえ》ぎ声が激しくなってきた。長くは持たないかもしれない。

「道場を持たせるとな。……平松という男は、できもしない嘘で、おぬしや中西を籠絡《ろうらく》したわけか」

そう言って、堂本は繁山の前から身を引き、

「繁山から、話を訊いてくれ」

と、源九郎に声をかけて身を引いた。

源九郎は繁山の前に立ち、

「平松には、どれほどの門弟がいるのだ」

と、穏やかな声で訊いた。繁山の命は長くないとみて、詰問する気が薄れたのである。

「に、二十人ほど……」

繁山が顔をしかめて言った。

「門弟たちの多くは、御徒町に屋敷のある旗本や御家人の子弟たちだな」

「そ、そうだ」

「これで、平松も道場を建てる気は失《う》せたろうな」

源九郎が、呟くような声で言った。

すると、繁山は源九郎の顔を睨むように見て、

「う、うぬらも、これで終わりだ」

と、声を震わせて言った。

「どういうことだ」

源九郎が訊いた。その場にいた堂本や菅井たちも、繁山を見つめている。

「う、うぬら、大変な過《あやま》ちを犯した」

「過ちだと」

源九郎が聞き返した。

「そうだ。……うぬら、ここに、裕介どのも連れてきた」

「……！」

源九郎は、裕介と野沢が閉じ込めてある着替えの部屋へ目をやった。

「倅を連れ去られた青田さまが、黙っていると思うか」

繁山が語気を強くして言った。

「なに！」

そのとき、源九郎も、青田は倅を取り戻すために何か手を打ってくる、とみた。それも、日を置かずに、仕掛けてくるのではあるまいか。

「今夜にも、ここに平松たちが押し込んでくるかもしれん」

源九郎が、その場にいた堂本たちに目をやって言った。

「どうする」

堂本が訊いた。

すると、源九郎たちからすこし離れた場所にいた孫六が、

「あっしと平太とで、様子を見てきやす」

と言い残し、平太を連れて道場から出ていった。

孫六と平太が、道場から出ていってすぐだった。ふたりが、道場内に飛び込んできた。

「来やす！　何人も」

孫六が言った。

六

道場の戸口に近寄ってくる足音が聞こえた。男たちの話し声もする。道場に踏み込んでくるようだ。

……それほどの多勢ではない。

と、源九郎はみた。足音から判断すると、多くて七、八人ではあるまいか。急《きゅう》遽《きょ》、大勢集めるのは無理だったのだろう。

「入ってくるぞ！」

安田が言った。

戸口近くで、「踏み込め！」というくぐもったような声が聞こえた。小声なので、だれの声か分からない。

どかどかと、戸口から板間に上がる音がし、道場の板戸があいた。

何人かの武士の姿が見えた。平松がいる。他の男たちは、門弟たちらしかった。

「いたぞ！　道場のなかだ」

平松が言った。

「踏み込め！」

平松の脇にいた三十がらみと思われる武士が声を上げ、真っ先に道場に踏み込んできた。平松がつづき、さらに六人の若侍が入ってきた。いずれも、腰に大小を帯び、襷《たすき》で両袖を絞っている。

「平松！　わしが相手だ」

源九郎は、堂本たちの前に出た。源九郎は、道場にいる仲間たちから犠牲者を出さないように、平松を仲間から引き離そうとしたのだ。

菅井、安田、堂本、竜之助の四人は、同士討ちを避けるために道場内に散らばった。孫六と平太は、道場の隅に身を隠している。

平松は、足早に源九郎に近付いてきて、

「今日は、おぬしとやる気はない」

と、言って道場内に目をやり、

「青田裕介は、どこにいる」

と、訊いた。

「おぬしたちは、青田を助けに来たのか」

「そうだ」

平松は、源九郎と大きく間をとったまま道場の周囲に目をやった。裕介の居場所を探しているようだ。

そのとき、道場のなかほどにいた繁山が、

「裕介どのは、そこの着替えの部屋に！」

と、言って、着替えの部屋の方に顔をむけた。

「裕介どのは、そこだ」

平松が声を上げ、着替えの部屋を指差した。

すると、平松の近くにいた若い武士がふたり、着替えの部屋にむかった。源九

郎がふたりを阻止しようとして、まわり込もうとすると、

「そうはさせぬ」

と、平松が声を上げ、源九郎の前にまわり込んで刀を抜いた。

「今日こそ、始末してくれる」

源九郎は、平松と対峙して刀を抜いた。

ふたりの間合は、二間ほどしかなかった。間合を広くとれなかったのだ。そこは道場内である上に、何人もの男たちが刀を手にして向き合っていた。


そのとき、菅井は、武士のひとりと対峙していた。二十歳《はたち》前後と思われる若い武士である。

「すこしは、遣えるようだ」

菅井が武士を見すえて言った。

武士は刀を手にし、青眼に構えていた。腰の据わった隙のない構えだった。切っ先を菅井にむけている。

菅井は腰を沈めると、右手で刀の柄を握った。そして、左手で刀の鍔元を握り、刀の鯉口《こいぐち》を切った。居合の抜刀体勢をとったのである。

「居合か！」

武士が驚いたような顔をした。平松や仲間たちから、菅井のことは聞いてなかったらしい。

「居合は、峰打ちができん。斬られる覚悟でむかってこい」

言いざま、菅井は趾《あしゆび》を這《は》うように動かし、武士との間をジリジリと狭めはじめた。

対する武士は、青眼に構えたまま動かなかった。ふたりの間が、すこしずつ詰まってくる。

菅井は、居合の抜刀の間合まであと一歩ほどに迫った。そのとき、ふいに武士の全身に斬撃の気がはしった。

一歩踏み込みざま、袈裟《けさ》へ——。武士が斬り込んできた。

一瞬、菅井は右手に踏み込みざま抜き放った。素早い動きである。かすかな刀身の鞘走《さやばし》る音がし、閃光《せんこう》が逆袈裟にはしった。

次の瞬間、武士の切っ先は菅井の肩先をかすめて空を切り、菅井の切っ先は武士の胸から肩にかけて小袖を斬り裂いた。

武士は驚愕《きようがく》に目を剝き、後ろへ跳んだ。武士の露になった胸に赤い線がはしり、血が流れ出た。菅井の居合の一撃が、武士の胸の辺りの皮肉を斬り裂いたのだ。

菅井も、素早く後ろに身を引いた。居合は一度抜刀をすると、刀身を鞘に納めなければ、遣えない。

菅井は、武士から大きく間をとって納刀した。

武士は刀を引っ提げたまま身を顫《ふる》わせていた。菅井の居合の迅《はや》さに恐怖し、戦意を失ったらしい。

「こないのか。……おれから行くぞ」

そう言って、菅井が武士との間合を狭めようとすると、武士は慌てて逃げた。そして、菅井から大きく間をとった。腰が引けている。

「なんだ、やる気はないのか」

菅井は逃げた武士は追わず、道場内に目をやった。

安田に、ふたりの若侍が切っ先をむけていた。ふたりとも遣い手ではないようだが、背後から斬り付けられると、安田でも後れをとるかもしれない。

「助太刀するぞ」

そう言って、菅井は安田の背後にいる武士に近寄って、居合の抜刀体勢をとった。武士は慌てて菅井に体をむけ、刀を青眼に構えた。体が顫えている。

そのとき、着替え部屋の板戸があいた。

七

着替え部屋から姿を見せたのは、若い武士がふたり、それに閉じ込めてあった裕介、野沢の四人である。

「青田どのを助けたぞ！」

若い武士が、声を上げた。

すると、源九郎と対峙していた平松が後じさり、

「華町、勝負はあずけた」

と、言いざま、裕介のそばに身を寄せた。

それを見た道場にいた武士たちも、刀をむけていた相手から身を引いた。

「引くぞ！」

平松が、門弟たちに声をかけた。すると、門弟たちは裕介のそばに集まり、取り囲むようにまわり込んだ。

「逃がさぬ！」

竜之助が声を上げ、平松や門弟たちに近寄った。源九郎や菅井たちも、平松たちの行方を塞ぐように動いた。

源九郎は、裕介と野沢を逃がしてもいいと思った。ただ、敵をひとりでも多く討ち取りたかった。この道場に踏み込んできた門弟たちは、平松の言いなりに動く者たちらしい。これからも、平松は己の道場を建てるために、堂本道場を襲って堂本や門弟たちを斬ろうとするはずだ。

平松が、源九郎たちに切っ先をむけ、

「逃げろ！」

と、声をかけた。その声で、門弟たちは助け出した裕介と野沢を連れて、戸口にむかった。ふたりを連れて逃げるつもりらしい。

「平松、そこをどけ！」

声をかけたのは、安田だった。

「次の相手は、安田か」

平松はそう言って、安田に切っ先をむけた。

すかさず、安田も青眼に構え、切っ先を平松にむけた。腰の据わった隙のない構えである。

「おぬし、できるな」

そう言って、平松も青眼に構えたが、すこしずつ後じさった。安田と勝負する気はないらしい。

源九郎と竜之助も、戸口近くにいたふたりの門弟に切っ先をむけていた。堂本と菅井は抜き身を手にしたまま源九郎の背後にいる。戸口近くは狭く、何人もで立ち向かうことができなかったのだ。

こうしている間に、門弟たちは裕介と野沢を連れて土間へ下り、戸口から外へ飛び出した。

いっときして、道場から出た門弟と裕介たちの足音が遠ざかると、

「安田、勝負は後だ」

平松が言い、後じさって戸口から外へ出た。

これを見た源九郎と竜之助に切っ先をむけていた門弟も、平松につづいて戸口から外へ飛び出した。

源九郎たちは、平松たちの後を追った。そして、戸口から出ると、逃げていく平松たちに目をやった。平松たちの姿が遠くに見える。

「逃げ足の速いやつらだ」

源九郎が言った。

その場に出てきた菅井たちは、逃げていく平松たちを追わなかった。追っても追いつきそうもなかったのだ。

「道場にもどるぞ」

源九郎が声をかけ、菅井たちといっしょに道場にもどった。

道場には、堂本と繁山の姿があった。繁山は青ざめた顔で、身を顫わせていた。傷口からはまだ出血し、胸や小袖は血に染まっている。

……長い命ではない。

と、源九郎はみた。

源九郎たちは、繁山を取り囲むように立った。

「繁山、平松はおぬしを助けようとしなかったな」

源九郎が、繁山を見つめて言った。

「……！」

繁山は閉じていた目をあけて源九郎を見たが、何も言わなかった。苦しげに顔をしかめただけである。

「血塗《ちまみ》れになっているおぬしを見て、声もかけなかったぞ」

「ひ、平松は、そういう男だ」

繁山が声を震わせて言った。体が小刻みに顫えている。

「平松も、これで懲りたろう。ここに道場を建てるのは、諦《あきら》めるのではないか」

源九郎が言った。

「あ、あの男は、諦めぬ」

繁山の体がかすかに揺れてきた。道場の床に腰を下ろして、身を起こしているのが、やっとのようだ。

源九郎の脇で、源九郎と繁山のやり取りを聞いていた堂本が、

「平松は、別の場所に道場を建てる気になったのではないか」

と、念を押すように言った。

「あの男は、ここに道場を建てる」

「執念深い男だな」

「そ、そのうち、むこうから仕掛けてくるぞ」

繁山はそう言って、顔を上げた。脇に立っている源九郎に、目をむけようとしたらしい。

そのとき、繁山はグッと喉の詰まったような呻き声をあげ、硬直したように体をつっ張った。

次の瞬間、ガックリと首が前に垂れた。息の音が聞こえない。

「死んだ」

源九郎が、呟くような声で言った。

第六章　人　質

一

「平松は、かならず仕掛けてくる」

源九郎が言った。

堂本道場には、六人の男が顔をそろえていた。源九郎、安田、菅井、竜之助、堂本、木島である。孫六と平太の姿はなかった。ふたりは御徒町に出掛け、平松たちの動きを探っているはずである。ふたりは町人ということもあって、平松や門弟たちに目をつけられていなかったのだ。

道場の稽古は終わり、門弟たちが帰った後だった。道場には、稽古のときの熱気がまだ残っている。

「平松たちが、仕掛けてくるのを待っているだけという手はないな」

安田が言った。

「平松さえ始末すれば、片が付くのだがな」

源九郎が言うと、すぐに菅井が、

「平松を斬るのは、いまではないか。繁山が死んだし、そばにいるのは若い門弟たちだけだぞ」

と、身を乗り出すようにして言った。

「菅井の言うとおりだ。何も、向こうが仕掛けてくるのを待つだけという手はない。平松を襲って、討ち取ればいい。これから、御徒町に出掛けよう。孫六と平太が朝から平松を探っているので、動きを摑んでいるかもしれぬ」

源九郎が言うと、男たちがうなずいた。

御徒町に出掛けるのは、源九郎、安田、菅井、竜之助の四人ということになった。堂本と木島は、念のために道場に残るのだ。それに、今日のところは、平松の身辺を探るだけなので、源九郎たち四人で十分である。

源九郎たちは道場を出ると、御徒町に足をむけた。そして、平松家の屋敷が遠方に見えるところまで来ると、路傍に足をとめ、

「わしが、様子を見てくる。孫六と平太が、先に来ているはずなのだ」

そう言って、源九郎はひとりで平松家の屋敷にむかった。

源九郎は平松家の屋敷が近付くと、ゆっくりと足を進めた。どこかで屋敷に目をやっているはずの孫六と平太に、気付いてもらうためである。

そのとき、平松家の手前にある御家人の板塀の陰から、孫六が姿を見せた。

源九郎は孫六が近付くのを待ち、

「どうだ、何か知れたか」

と、訊《き》いた。

「朝から、平松は門弟たちを連れて青田家にむかったんですがね。まだ、帰《けえ》ってこねえんでさァ」

孫六がうんざりした顔で言った。この場で長い間見張っていたので、飽きてしまったのだろう。

「菅井たちに、話してみる。平太を連れてきてくれ」

そう言って、源九郎は菅井たちのいる場を指差した。

源九郎は孫六と平太が来るのを待ってから、平松が青田家の屋敷に出掛けたまま帰らないことを話した。

「どうだ、二手に分かれないか」

安田がそう言い、念のためこの場に残る者と、青田家の屋敷の近くまで行って、様子を探る者とに分かれることを話した。

「そうするか」

すぐに、菅井が言った。

源九郎、菅井、孫六の三人が、青田屋敷にむかい、安田、竜之助、平太の三人がこの場に残って、平松家の屋敷を見張ることになった。平松は屋敷から出ているので、残るのは三人にしたのだ。

源九郎たち三人は、すこし間をとって歩いた。三人とも青田家の屋敷は知っていたし、三人でまとまって歩くと人目を引くからだ。

前方に青田家の屋敷が見えてきたところで、三人は足をとめた。まだ遠方のせいか、屋敷から剣術の稽古の音は聞こえなかった。

「あっしが、様子を見てきやしょう」

孫六が、足早に青田家の屋敷にむかった。

源九郎と菅井は、青田家の屋敷に近い旗本屋敷の築地塀《ついじべい》に身を寄せて、孫六がもどるのを待った。

孫六は青田家の長屋門の近くまで行き、屋敷内の様子を探っているようだったが、慌てた様子でもどってきた。

「で、出て来やす、平松たちが！」

孫六が口早に喋《しゃべ》ったことによると、長屋門に近付いてくる足音がし、何人もの男の話し声が聞こえたという。その会話のなかに、お師匠と呼ぶ若い男の声があったそうだ。

「すこし、門から離れよう」

源九郎たちは、すぐに隣の屋敷をかこった築地塀の脇まで行って身を隠した。

「出てきた！」

孫六が言った。

長屋門の脇のくぐりから、ふたりの若侍が姿を見せ、その後に平松、さらに三人の若侍が出てきた。総勢六人である。

「どうする」

菅井が源九郎に訊いた。

「きゃつら、平松の屋敷にむかうのではないか」

源九郎が言った。

「そうみていいな」

「あれだけの人数なら、安田たちと挟み撃ちにすれば、平松を討てるぞ」

源九郎は、孫六に、平松の屋敷を見張っている安田に、「わしらは背後から襲うから、平松たちが来たら迎え撃つよう伝えてくれ」と頼んだ。

「承知しやした」

孫六は通りに出て、小走りに平松の屋敷にむかった。

源九郎と菅井は、平松たちをやり過ごしてから跡を尾《つ》けた。

二

いっとき歩くと、前方に、平松家の屋敷が見えてきた。平松は跡を尾けてくる源九郎たちには気付かないらしく、大柄な若い武士と何やら話しながら歩いている。

平松家の屋敷を囲った板塀の陰に、人影が見えた。安田と竜之助である。知らせにいった孫六は、塀の陰にいるようだ。

源九郎たちはすこし足を速め、平松たちとの間をつめた。すると、安田と竜之助も通りに出て、平松たちにむかって歩きだした。

らしい。

ふいに、平松たちが足をとめた。前から近付いてくる安田と竜之助に気付いた
平松が門弟たちに「相手は、ふたりだ。討ち取れ！」と声をかけた。すると、
五人の門弟たちは、腰の刀に手を添えて身構えた。
安田と竜之助は足早に平松たちに近付いて来る。
「菅井、走るぞ！」
源九郎が菅井に声をかけて、走りだした。走るといっても、平松たちとそれほ
どの間はなかったので、すぐに背後に迫った。
「後ろからも来ます！」
門弟のひとりが、叫んだ。その声で、平松や門弟たちが振り返り、源九郎と菅
井を目にしたようだ。
「塀を背にしろ！」
平松が叫び、近くにあった武家屋敷をかこった板塀を背にして立った。門弟た
ちも、板塀に身を寄せた。
源九郎、菅井、安田、竜之助の四人が、平松たち六人の左右から走り寄った。
平松たちの方が人数が多かったが、平松を除いた五人は、真剣で斬り合ったこと

のない若侍だった。若侍たちは、青ざめた顔で身を顫《ふる》わせている。

源九郎たち四人は、それぞれ刀が振るえるように間をとり、平松たちを取り囲んだ。

源九郎は平松の前に立ち、

「平松、今日こそ、決着をつけようぞ」

と言って、平松を睨《にら》むように見すえた。

平松は菅井、安田、竜之助の三人に目をやり、

「堂本道場の者もいるな」

と言って、口許に薄笑いを浮かべた。意味ありげな笑いである。

「抜け！　平松」

源九郎が言った。

「抜いてもいいがな。おれやこの場にいる門弟たちのひとりでも斬れば、堂本道場の門弟が死ぬことになるぞ」

平松が薄笑いを浮かべたまま言った。

「どういうことだ」

源九郎が訊いた。

「堂本道場には、井川新之助《いがわしんのすけ》という若い門弟がいるな」

平松が、竜之助に目をむけて言った。

「いるが、井川がどうしたのだ」

そう言って、竜之助は平松に近付いた。

「おれが、預かっている」

「なに！　井川を預かっているだと」

竜之助の声が、大きくなった。

「こんなこともあろうかと、門弟をひとり人質にとったのだ。おれたちが帰らなければ、屋敷にいる者たちが井川を殺すことになっている」

「卑怯《ひきょう》な手をつかいおって！」

源九郎の顔が、憤怒に赭黒《あかぐろ》く染まった。

竜之助、菅井、安田の三人は、驚いたような顔をしてその場に立っている。

「井川を見殺しにしてもいいなら、おれを斬れ」

平松が声高に言った。

「卑怯だぞ、平松！」

源九郎が、平松を睨むように見すえて言った。

「何が卑怯だ。おぬしらも、同じことをしたではないか。裕介と野沢を人質にとり、おれたちが、堂本道場に手が出せないようにしたはずだぞ」

平松の顔に薄笑いが浮いた。

「わしらは、裕介たちを人質にとったのではない」

源九郎は、平静さを取り戻した。胸の内で、ここで押し問答をしても、どうにもならない、と思ったからだ。

竜之助、菅井、安田の三人も、黙って立っている。

すると、平松が源九郎たちに目をむけ、

「通りの邪魔だ。そこをどけ」

と、薄笑いを浮かべて言った。

源九郎たちは、顔をしかめたまま身を引いた。すると、平松たちは、薄笑いを浮かべたまま平松家の屋敷に足をむけた。

平松たちは屋敷に入り、その姿が見えなくなると、

「門弟を人質にとられたわけか」

菅井が苦々しい顔をして言った。

「どうする」

安田が源九郎に訊いた。

「今日は、道場に帰るしかないな」

源九郎は、井川新之助が平松たちに攫《さら》われたのが、事実かどうか確かめようと思った。

堂本道場に人影はなく、淡い夕闇につつまれていた。堂本とさよは、裏手の母屋にいるらしい。

「父上とさよを、呼んできます」

そう言い残し、竜之助はすぐに母屋にむかった。

いっときすると、竜之助が堂本とさよを連れてきた。ふたりの顔に、憂慮の翳《かげ》があった。井川新之助のことを竜之助から聞いたのだろう。

竜之助たち三人は、源九郎たちのそばに座すと、

「やはり、新之助を攫ったのは、平松たちか」

堂本が肩を落として言った。

「新之助のことで、何かあったのか」

源九郎が訊いた。

「華町たちが道場を出た後、新之助の父親が道場を訪ねてきてな。昨日、稽古に

出たまま帰らないが、道場で何かあったのかと訊かれたのだ」

堂本は、父親に、新之助は稽古を終えた後、何事もなく道場を出たと話したという。

「その後、わしも新之助の父親とふたりで、新之助といっしょに帰った門弟たちの家をまわって話を訊いてみた。すると、門弟のひとりが、新之助が数人の武士といっしょに歩いているのを見たと話したのだ」

「新之助を連れ去ったのは、平松たちだ。わしらが手出しできないように、人質にとったのだ」

「卑怯な」

堂本が、顔に怒りの色を浮かべた。

三

いっとき、道場内は重苦しい沈黙につつまれていた。忍び寄った夕闇が、源九郎たちをつつんでいる。

「新之助を助け出すしかない」

安田が語気を強くして言った。

「安田の言うとおりだ。平松を討つのは、新之助を助け出してからだ」

源九郎が言った。

「おれたちは、どう動く」

菅井が、男たちに目をやって訊いた。

「新之助が監禁されている場所を突き止めることが先だな」

菅井が言った。

「平松家の屋敷ではないか」

源九郎が言うと、その場にいた者たちの目が源九郎に集まった。

「平松は屋敷近くで、わしらと顔を合わせたとき、おれたちが帰らなければ、屋敷にいる者たちが井川を殺すことになっている、と口にしたな」

「おれも、そう聞いた」

安田が言った。

「井川は、平松の屋敷に監禁されているのだ！」

菅井が、声を大きくして言った。

「菅井の言うとおり、井川は平松の屋敷に監禁されているとみていい。平松は何人かの門弟を連れて、稽古のために青田家の屋敷に出掛ける。その間に平松家の屋敷に入って、井川を助け出すのだ」

源九郎が言うと、その場にいた者たちがうなずいた。

その後、源九郎たちは、明朝、平松家の屋敷にむかうことにした。

「今日は、長屋にもどるか」

そう言って、源九郎が立ち上がろうとすると、男たちの話を黙って聞いていたさよが、

「明日、わたしも連れて行ってください」

と、その場にいる男たちに目をやって言った。

「さよは、道場で門弟たちと稽古していた方が……」

竜之助は語尾を濁した。さよの胸の内には、井川を無事に助け出したいという強い思いがあるようだ。

「井川どのは、この道場でいっしょに稽古した後、平松に連れ去られたのです。その後、わたしは何もせずに、道場にとどまっていました。……わたしも、井川どのを助け出すために何かしたいのです」

さよが、訴えるような目をして男たちをみた。

「さよどの、手を貸してくれ」

源九郎が言った。

「はい！」

さよが、声を上げた。


翌朝、源九郎、菅井、安田の三人は、まだ暗いうちにはぐれ長屋を出て、堂本道場に立ち寄った。

源九郎たちといっしょにはぐれ長屋を出た孫六と平太は、道場には寄らずに御徒町にむかった。平松の住む屋敷を見張り、平松たちの動きを把握するためである。

道場では、堂本、竜之助、さよの三人が待っていた。竜之助とさよは、すぐに出られるように身支度を整えていた。堂本は木島とふたりで、門弟たちの稽古をみることになっていた。

源九郎たちは御徒町に入り、前方に平松家の屋敷が見えてくると、路傍に足をとめた。

「わしが、孫六たちに様子を聞いてくる。ここで、待っていてくれ」

源九郎はそう言い残し、ひとりで平松家にむかった。

源九郎が平松家の屋敷に近付くと、隣の屋敷の板塀の陰に身を隠していた孫六と平太が、小走りに近付いてきた。

「どうだ、平松たちの動きは」

すぐに、源九郎が訊いた。

「半刻（一時間）ほど前《めえ》に、平松たちは屋敷を出やした」

孫六が、身を乗り出すようにして言った。

「屋敷には、門弟たちもいないのだな」

「屋敷のなかは探ってねえが、ひっそりしてやす」

「近付いてみよう」

源九郎は平太をその場に残し、孫六だけを連れて平松家の屋敷にむかった。

ふたりは屋敷をかこった板塀に身を寄せ、節穴からなかを覗《のぞ》いてみた。狭い庭があり、梅と紅葉《もみじ》が植えてあった。その庭に面して濡縁があり、その奥に障子がたててある。屋敷といっても狭く、座敷は二間か三間あるだけだろう。平松家には若い門弟が何人も出入りしているが、屋敷に泊まることはないらしい。

辺りに人影はなかったが、座敷を歩く足音や奥で水を使うような音がした。平松の家族のことは聞いてなかったが、妻女がどこかにいるのかもしれない。

「井川は、屋敷の座敷に監禁されているとみていいな」

源九郎が言った。敷地は狭く、屋敷の他に建物はなかった。屋敷内しか、監禁場所はないようだ。

「旦那、ちょいと前に覗いたとき、年配の二本差がひとりいやしたぜ」

孫六によると、その武士は濡縁まで出てきて、庭に目をやっていたという。

「家を留守にすることが多いので、平松が雇ったのかもしれん」

源九郎は、平松の家族でも門弟でもないだろう、とみた。

「もどるぞ」

源九郎が小声で言った。

源九郎は孫六と平太を連れ、菅井たちのいる場にもどり、

「屋敷内には、平松も門弟たちもいないようだ。奉公人が、何人かいるだけらしい」

と、菅井たちに話した。

「踏み込みましょう」

竜之助が身を乗り出して言った。

源九郎たちは、平松家の木戸門に足をむけた。木戸門は簡素な造りで、門扉《もんぴ》は

しまっていたが閂《かんぬき》も鍵もついてなかった。もっとも、屋敷を囲った板塀は低く、飛び付けば越えることができる。

「あけやすぜ」

孫六が門扉をあけた。

木戸門を入ると、正面に屋敷の戸口があった。戸口の板戸はしまっていた。屋敷のなかから、かすかに人声が聞こえた。男と女が話しているらしい。

孫六が板戸に手をかけて引くと、戸は重い音をたててあいた。すると、屋敷のなかで聞こえていた人声がやんだ。戸口の板戸のあく音が、聞こえたらしい。

「どなたですか」

女の声がし、廊下を歩いてくる足音がした。そして、年増《としま》が顔を出した。武家の妻女のような身支度である。平松の妻女ではあるまいか。

年増はいきなり入ってきた源九郎たちを見て、凍り付いたように身を硬くした。

源九郎たちは年増に構わず、土間の先の狭い板間に上がった。そして、右手の廊下に踏み込んだ。

ヒイッ！　と年増は、喉を裂くような悲鳴を上げ、その場にへたり込んだ。源九郎たちに殺されるとでも思ったのだろうか。

源九郎たちは、廊下沿いにある部屋の障子をあけた。何よりも先に、監禁されている井川を助け出さねばならない。

手前の部屋には、だれもいなかった。居間のようになっているらしい。

菅井が次の部屋の障子をあけ、

「ここにいる！」

と、声を上げた。

見ると、若侍が猿轡《さるぐつわ》をかまされ、部屋の隅の柱に縛りつけられていた。両足も縛られている。

「井川、助けにきたぞ！」

竜之助が井川の背後にまわり、縛ってある縄を小刀で切った。さよが、井川の両足の縄を解いてやった。

そして、竜之助が猿轡を取ってやると、

「わ、若師匠！　有り難うございます」

井川が涙声で言った。

竜之助とさよが、井川の縄を解いてやっているとき、廊下に近寄る足音がし、

「お、大勢いる！」と引き攣《つ》ったような男の声がした。

見ると、老齢の武士が廊下から座敷を覗いている。孫六が話していた武士らしい。

源九郎はすぐに廊下にむかった。すると、武士は反転して屋敷の裏手へ逃げた。座敷に何人もいたので、驚いて逃げ出したようだ。

源九郎は廊下に出ただけで、武士の後を追わなかった。見ると、廊下に年増の姿もなかった。年増も逃げたらしい。

源九郎たちは、井川を屋敷から連れ出した。両足が痛むようだったが、何とか自力で歩くことができた。

四

源九郎たちは、平松家の屋敷からすこし離れた御家人の屋敷の板塀の陰に身を隠した。

「さよどの、頼みがある」

源九郎が声をかけた。

「何でしょうか」

「井川を連れて、道場にもどってくれんか」

源九郎が言った。

「華町様たちは、どうされるのです」

さよが訊いた、

「ここで、平松たちがもどるのを待つつもりだ」

源九郎は平松を討たねば、此度《こたび》の事件の始末はつかないとみていた。いまが、平松を討ついい機会である。

この場で待てば、平松は何人かの門弟を連れて自邸に帰ってくるはずだ。人質の井川を源九郎たちが助け出したので、平松は源九郎たちと闘うより他に手はないだろう。

源九郎たちには、遣い手の菅井、安田、竜之助の三人がいる。平松たちに後れをとることはないはずだ。

「わたしも、平松たちと闘います」

さよが、語気を強くして言った。

「いや、二度と井川を平松たちの手に渡したくないのだ。平松といっしょに何人もの門弟が来るとみている。さよどのは、井川を道場まで連れていってくれ」

源九郎が言うと、竜之助が、

「さよ、井川を頼む」

と、声をかけた。

「はい、井川どのと道場へ帰ります」

さよが、きっぱりと言った。

源九郎たちはさよと井川を見送った後、改めて通りの先に目をやった。まだ、平松たちは姿を見せなかった。

それから、半刻（一時間）ほど経ったろうか。通りの先へ目をやっていた孫六が、「平松たちが、来やす！」と、声を上げた。

源九郎が目をやると、平松が六、七人の若侍を連れてこちらに歩いてくる。青田家の屋敷を出て、自分の屋敷へ帰ってくるようだ。

「逃げる門弟は、かまうな」

源九郎が、その場にいた竜之助たちに言った。源九郎は若い門弟をできるだけ斬りたくなかったのだ。菅井たちもそうだろう。

平松たちは源九郎たちには気付かず、何やら話しながら歩いてくる。

源九郎は、平松たちがすぐ近くまで来るのを待って、通りに飛び出した。源九郎と菅井が平松たちの前に、安田と竜之助が背後にまわり込んだ。

「堂本道場のやつらか！」

平松が叫んだ。いっしょにいた門弟たちは顔をこわばらせて、刀の柄《つか》に右手を添えた。その手が、顫えている。

源九郎は平松の前に立ち、

「平松、逃げずに勝負しろ」

と、平松を見すえて言った。

「華町、堂本道場の門弟を人質にとってあることを忘れたのか」

平松が、口許に薄笑いを浮かべて言った。

「人質などいない」

「いないだと！」

平松の顔から薄笑いが消えた。

「おぬしが監禁していた井川は、いまごろ自分の屋敷にもどって休んでいるはずだ」

「うぬらが、助け出したのか」

「平松、迂闊《うかつ》だったな。留守同然の屋敷に監禁していたのでは、だれでも助け出せる」

「おのれ！」

叫びざま、平松は抜刀した。

すかさす、源九郎も刀を抜いた。

平松は後ずさって、源九郎から間を取り、

「相手は、四人だ！　斬れ！」

と、近くにいた門弟たちに声をかけた。

門弟たちは次々に抜刀し、前に立った菅井に切っ先をむける者と、背後にまわった安田と竜之助に切っ先をむける者とに分かれた。

菅井は居合の抜刀体勢をとり、安田と竜之助は刀を抜いて、前に立った門弟に切っ先をむけた。ただ、門弟たちの多くは真剣勝負の恐怖で腰が浮き、構えた刀身が小刻みに震えていた。菅井たちの相手にはならないだろう。

菅井の前に立ったのは、浅黒い顔をした長身の武士だった。刀を青眼に構え、剣尖《けんせん》を菅井の目にむけている。

……こやつ、なかなかの遣い手だ。

菅井は、長身の武士の構えに隙がないのを見てとった。

ふたりの間合は、およそ二間ほどだった。刀をむけ合った戦いなら、立ち合いの間合としては近いが、菅井が刀を手にして切っ先を敵にむけていないため、どうしても間合が近くなるのだ。

菅井は左手で刀の鯉口《こいぐち》を切り、右手を刀の柄に添え、居合の抜刀体勢をとっている。

ふたりは対峙《たいじ》したまま斬撃の気配を見せ、気魄《きはく》で攻め合っていたが、長身の武士が先に仕掛けた。菅井がまったく動かないので、焦《じ》れたらしい。

武士は趾《あしゆび》を這《は》うように動かし、ジリジリと間合を狭め始めた。

対する菅井は、動かなかった。気を静めて敵との間合と斬撃の気配を読んでいる。

ふいに、武士が寄り身をとめた。一足一刀の斬撃の間境の一歩手前である。

すると、菅井が居合の抜刀体勢をとったまま一歩を踏込んだ。刹那《せつな》、武士の全身に斬撃の気がはしった。

イヤアッ！

甲走った気合を発し、武士が踏み込みざま斬り込んできた。

青眼の構えから、真っ向へ——。

刹那、菅井が右手に踏み込み、抜き付けた。シャッ、という刀身の鞘走《さやばし》る音がし、稲妻のような閃光《せんこう》が袈裟に疾《はし》った。

武士の切っ先は菅井の肩先をかすめて空を切り、菅井の切っ先は、武士の左の二の腕を斬り裂いた。

長身の武士は手にした刀を取り落とし、呻き声を上げながらよろめいた。

菅井は長身の武士にかまわず、低い青眼に構えると、近くにいた若い武士に切っ先をむけた。居合は一度抜刀してしまうと遣えないので、居合の呼吸で斬り込むしかない。

五

源九郎は、平松と対峙していた。

源九郎は青眼に構え、平松は八相に構えた後、刀身を下げて切っ先を右手にむけていた。横霞の構えである。

源九郎はこれまでに二度、平松の横霞と対戦していた。ただ、二度とも途中で勝負をやめていた。今日は、三度目の勝負ということになる。

ふたりの間合は、およそ三間――。

ふたりはそれぞれ青眼と脇構えをとったまま動かず、全身に気勢を込め、気魄で攻め合っていた。

そのとき、菅井と立ち合っていた武士が、悲鳴を上げてよろめいた。菅井の斬撃を浴びたようだ。その悲鳴で、平松が動いた。源九郎と対峙し、気魄で攻めていた緊張が切れたらしい。

「いくぞ！」

と、平松が声を上げ、すこしずつ間合を狭め始めた。腰が据わり、構えはまったく崩れなかった。

源九郎は青眼に構え、剣尖を平松の目にむけたまま動かなかった。平松との間合と斬撃の気配を読んでいる。

……斬り込みの間合まで、あと一歩！

源九郎が読んだ。

そのとき、ふいに平松の寄り身がとまった。平松は脇構えにとっていた刀身の切っ先をすこしずつ背後にむけ始めた。横霞と呼ばれる技の構えを取るようだ。

源九郎には、驚きも恐れもなかった。すでに、平松の横霞の構えと動きを何度も目にしていたからだ。

平松の刀身が、すこしずつ源九郎の視界から消えていく。そして、見えるのは平松が握っている刀の柄頭《つかがしら》だけになった。

……くるぞ！

源九郎は、平松の横霞の斬撃がくる、と読んだ。

刹那、平松の全身に斬撃の気がはしった。

平松は踏み込みざま、刀を振り上げて真っ向に斬り下ろした。咄嗟《とっさ》に、源九郎は一歩身を引いた。

平松の切っ先が源九郎の眼前を縦にはしった次の瞬間、さらに平松の体が躍った。刀身を横に払ったらしい。

真っ向から横一文字へ――。

だが、横への斬り込みがあまりに迅《はや》く、源九郎には横に払った平松の刀身は見えなかった。平松の体の動きと、目に映じたかすかな閃光で、横に払ったことが分かったのだ。この目にとらえられない横への斬撃が、横霞と呼ばれる所以《ゆえん》である。

一瞬、源九郎は半歩身を引いて、平松の横霞の切っ先をかわした。すでに、源九郎は横霞の太刀を経験していたので、かわすことができたのだ。

源九郎はさらに身を引いて、平松との間合をとり、

「わしに、横霞はつうじぬ」

と、言って、ふたたび青眼に構えて切っ先を平松の目にむけた。

「次は、おぬしの首を落とす」

平松が、源九郎を睨むように見すえて言った。双眸《そうぼう》が切っ先のようにひかっている。剣客らしい凄《すご》みのある顔である。

源九郎と平松の間合は、二間半ほどだった。先程対峙したより、間合が狭まっている。

源九郎は青眼、平松は刀身を下げて切っ先を右手にむける構えをとっていた。平松はこの構えから横霞を放つのだ。

先《せん》をとったのは、源九郎だった。無言のまま、趾を這うように動かし、ジリジリと平松との間合をつめていく。

すると、平松も動いた。横霞の構えをとったまま、すこしずつ間合を狭めてくる。

ふたりの間合は一気に狭まり、全身に斬撃の気が高まってきた。

斬撃の間合まであと一歩に近付いたとき、ほぼ同時にふたりは寄り身をとめ

た。

源九郎は青眼に構え、剣尖を平松の目にむけている。

対する平松は、右手にむけていた刀身の切っ先を背後にむけ始めた。横霞の構えをとろうとしている。

そのとき、源九郎が一歩踏み込んだ。平松が横霞の構えをとる前に仕掛けようとしたのだ。

すると、平松は素早い動きで、刀身を背後にむけて横霞を放つ構えをとり、
イヤアッ！

と、裂帛《れっぱく》の気合を発して、斬り込んできた。

刀を振り上げ、踏み込みざま真っ向へ――。

一瞬、源九郎は身を引いて平松の斬撃をかわした。

次の瞬間、ふたりはほぼ同時に二の太刀をふるった。

平松は真っ向から横一文字――。横霞の太刀である。

源九郎はさらに身を引きざま、切っ先で突くように平松の右腕をねらって斬り込んだ。一瞬の太刀捌《たちさば》きである。

平松の切っ先は空を切り、源九郎の切っ先は、前に伸びた平松の右の前腕を切

り裂いた。

次の瞬間、ふたりは大きく後ろに跳んで間合をとった。

源九郎は青眼に構え、平松は八相に構えた。

平松の右の前腕が血に染まり、八相に構えた刀身が震えている。右腕の負傷で、力が入り過ぎているのだ。

「刀を下ろせ！　勝負あったぞ」

源九郎が声をかけた。

「まだだ！」

叫びざま、いきなり平松が仕掛けた。

八相に構えたまま踏み込んできた。横霞の動きではない。右腕の負傷で、横霞の動きがとれないのかもしれない。

平松は気攻めも牽制もせず、斬撃の間境を越えると、

イヤアッ！

と甲走った気合を発し、袈裟に斬り下ろした。捨て身の攻撃といっていい。

源九郎は一歩身を引いて、平松の切っ先を躱《かわ》すと、刀身を横に払った。

切っ先が平松の首をとらえ、血が赤い帯のような筋になって飛んだ。首の血管《ちくだ》

を斬ったらしい。

平松は血を撒《ま》きながらよろめき、足がとまると、腰から崩れるように転倒した。地面に俯《うつぶ》せに倒れた平松は、悲鳴も呻き声も上げなかった。体が痙攣《けいれん》するように顫えていたが、いっときすると動かなくなった。絶命したようである。

これを目にした近くにいた門弟たちが、「お師匠が斬られた!」、「勝ち目はないぞ!」などと、口々に叫び、切っ先をむけていた相手から身を引くと、先を争うように逃げ出した。

門弟たちは平松家の屋敷にはむかわず、青田家がある方にむかって逃げていく。ふらついたり、足を引き摺《ず》ったりして逃げていく者もいる。

門弟たちのなかには傷付いた者もいたが、致命傷を負った者はいなかった。菅井たちは致命傷を与えないように戦ったからだ。

「これで、始末がついたな」

源九郎が言うと、そばにいた竜之助が、

「華町どのたちの御蔭で、平松を斬り、道場を守ることができました」

と言って、源九郎だけでなく、菅井や安田にも頭を下げた。さらに、孫六と平太にも礼の言葉を口にした。

孫六と平太は照れたような顔をし、首をすくめるようにうなずいた。

六

「菅井、将棋を指している間はないぞ」

源九郎が、握りめしを手にして言った。

今日は、堂本、竜之助、さよの三人が長屋に来る日だった。昨日、竜之助が長屋に来て、改めて三人で礼にうかがいたい、と言って帰ったのだ。

源九郎が朝起きて、流し場で顔を洗っていると、菅井が将棋盤と駒、それに握りめしの入った飯櫃《めしびつ》を持って、源九郎の家に姿を見せた。堂本たちが姿を見せるまで、将棋をやろうというのだ。

「一局ぐらい指せるさ。一局では不満だろうが、堂本たちが帰った後も、できるからな」

菅井が、将棋盤に駒を並べながら言った。

「仕方ない」

源九郎も駒を並べ始めた。

まだ、五ツ（午前八時）前だった。堂本たちは、道場での朝の稽古を終えてから来るはずなので、一局なら将棋を指す時間はあるだろう。

源九郎は、握りめしを食べながら将棋を指し始めた。

それから半刻（一時間）ほど指したろうか。形勢は、大きく菅井に傾いていた。源九郎は勝負に気が入らず、適当に指していたからだ。

そのとき、戸口に近付いてくる何人もの足音がし、腰高障子のむこうで足音がとまった。

「華町の旦那、いやすか」

孫六の声がした。

「いるぞ。入ってくれ」

源九郎が将棋盤を見たまま声をかけた。

すぐに、腰高障子があいて、安田、孫六、平太、茂次、三太郎の五人が顔を出した。

「将棋ですかい」

茂次は土間に草履《ぞうり》を脱いで、座敷に上がった。すると、孫六たち四人も入ってきた。五人は、将棋盤の近くに肩を並べて腰を下ろした。

「そろそろ、堂本の旦那たちが来やすぜ」

孫六が言った。

源九郎は、堂本たちが長屋に来ることを孫六たちにも話しておいたのだ。いっしょに、堂本たちの話を聞こうと思ったのである。

「堂本たちが来るのは、朝の稽古が終わってからだ。もうすこし遅れるだろう」

源九郎が、孫六に目をやって言った。

すると、将棋盤を見つめていた菅井が、

「華町の番だぞ」

と、顔をしかめて言った。源九郎が将棋に気が入ってないので、苛立《いらだ》っているようだ。

「そうか、そうか」

源九郎は適当に歩を前に進めた。勝負は菅井に傾いていた。後、十手ほどで詰むのではあるまいか。

「なんだ、歩をただでくれるのか」

菅井は、金で歩をとった。その金が、王手になっている。

源九郎は、将棋盤にいっとき目を落とした後、

「わしの負けだ」

と言って、手にした駒を将棋盤の上に置いた。

「華町も、なかなか強くなったではないか」

そう言って、菅井が胸を張った。

そのとき、戸口に近寄ってくる下駄の音がし、「華町の旦那、見えましたよ」

とお熊の声がした。

どうやら、お熊は長屋の井戸端辺りにいて、さよたちが来るのを目にし、知らせにきたようだ。

「お熊、何か頼みたいことがあったら、声をかけるからな。家にいてくれ」

源九郎が言った。源九郎たちといっしょにいてもらってもよかったが、堂本たち三人が座敷に座ると、お熊の居場所はないだろう。

「声をかけておくれ。家にいるからね」

そう言い残し、お熊は下駄の音を響かせて戸口から離れた。そのお熊の足音と入れ替わるように、三人の足音が聞こえた。堂本たちらしい。

「華町、いるか」

堂本の声がした。

「いるぞ。入ってくれ」

源九郎が声をかけると、すぐに腰高障子があいた。

姿を見せたのは、堂本、竜之助、さよの三人だった。三人は、座敷に男たちが七人もいたので、驚いたような顔をした。

「みんな、わしの仲間なのだ。此度の件は、ここにいるみんなの手を借りたのだ」

源九郎が、脇に腰を下ろしている菅井たち六人に目をやって言った。すでに、源九郎は六人のことを堂本に話してあったが、狭い座敷に七人もいっしょに待っているとは、思わなかったのだろう。

「そうか、みんなの御蔭で、道場がつづけられているわけだな」

堂本が言うと、脇に立っている竜之助とさよが頭を下げた。

「頭など下げんでいい。上がってくれ、上がってくれ」

源九郎が声をかけると、座敷のなかほどに座っていた孫六、平太、茂次、三太郎の四人が身を引いて座敷の隅に座りなおした。

堂本、竜之助、さよの三人は、将棋盤を前にして腰を下ろした。

「将棋か」

堂本が将棋盤を目にして言った。その顔に、懐かしそうな表情が浮いた。若い頃、将棋を指したことがあるのかもしれない。

源九郎は笑みを浮かべた堂本の顔を見て、幼馴染《おさなな じ》みだったころのことが脳裏をよぎった。そのころ、棒切れを振り回して、刀で斬り合う真似をして遊んだことを思い出したのだ。

こうやって、ふたりは年寄りになったが、心の底には幼馴染みだったころのふたりがそのまま残っているような気がした。

「菅井に、将棋の指南をしてもらっていたのだ」

源九郎が言うと、菅井は、「剣術では敵《かな》わないが、将棋なら何とかな」と言って、胸を張った。

「わしも、将棋の手解《てほど》きを受けるかな」

堂本はそう言った後、

「ここにいるみんなの御蔭でな、近頃門弟たちが増え、稽古にも活気があるのだ」

と、目を細めて言った。

すると、竜之助とさよが、源九郎たちに頭を下げた。

「頭など下げんでくれ。わしらは……、堂本どのに頼まれたことをやっただけだ」

源九郎は、金を貰って、と言いかけたが、口にしなかった。

次に口をひらく者がなく、座敷が沈黙につつまれたとき、

「みなさん、道場にも来てください」

と、さよが源九郎たちに目をやって言った。

「近くを通りかかったら寄らせてもらおう」

源九郎が言うと、菅井と安田がうなずいた。孫六たちは、剣術の稽古に縁がないので、黙っている。

そのとき、堂本が懐に手を入れて袱紗《ふくさ》包みを取り出し、

「これは、改めて華町たちに礼をしたいと思い、倅《せがれ》と娘の三人で相談して用意したものだ。……些少《さしょう》だが、受け取ってくれんか」

と、言って、源九郎の膝先に袱紗包みを置いた。

「い、いや、すでに、頂いているから……」

源九郎は声をつまらせて言った。源九郎が堂本のために危ない橋を渡ったのは、依頼金を貰ったこともあったが、幼馴染みの苦境に手を貸してやりたいという思いもあったからだ。

「受けとってくれ。わしとふたりの子の気持ちなのだ」

堂本が言うと、竜之助とさよがうなずいた。

「そうか」

源九郎は袱紗包みを手にし、その場にいる仲間の六人に目をやった。すると、六人は堂本たち三人に頭を下げた。

それから、堂本たちは半刻（一時間）ほどして腰を上げた。

源九郎たち七人は、堂本たちを長屋の路地木戸まで送っていった。途中、源九郎たちの足音を聞いて家から出てきたお熊や井戸端にいた女房たち、それに長屋の子供たちが源九郎たちの後についてきた。いっしょに、堂本たちを送り出してくれるようだ。

「みんな、道場の近くに来たら寄ってくれ」

堂本がそう言い残し、竜之助とさよを連れて路地木戸から離れていった。

堂本たちの後ろ姿が見えなくなるまで見送った後、

「おれのところに、集まってくれ」

源九郎が、その場にいた菅井たち六人に目をやって言った。

源九郎は家にもどり、六人が座敷に腰を下ろすのを待って、堂本から貰った袱紗包みを懐から取り出した。そして、袱紗包みを開くと、奉書紙につつまれた小判が出てきた。七両あった。

「堂本どのは、おれたちに一両ずつ分けるように七両包んでくれたようだ」

源九郎はそう言って、六人の男の膝先に一両ずつ置いた。

「ありがてえ、これでまた一杯飲める」

孫六がニンマリした。

「これで、明日も華町と将棋が指せる。広小路に見世物に行かずに済むからな」

そう言って、菅井が源九郎に目をむけた。

源九郎は、明日は早く起きて、堂本道場の稽古でも見に行こう、と胸の内で呟いたが、口にはしなかった。菅井が来る前に朝めしを食べ終えて、長屋を出る自信がなかったのだ。

本作品は、書き下ろしです。

双葉文庫

と-12-57

はぐれ長屋《ながや》の用心棒《ようじんぼう》

幼《おさな》なじみ

2019年8月11日　第1刷発行

【著者】
鳥羽亮《とばりょう》

【発行者】
箕浦克史

【発行所】
株式会社双葉社
〒162-8540 東京都新宿区東五軒町3番28号
［電話］03-5261-4818(営業)　03-5261-4833(編集)
www.futabasha.co.jp
（双葉社の書籍・コミックが買えます）

【印刷所】
株式会社新藤慶昌堂

【製本所】
株式会社若林製本工場

【表紙・扉絵】南伸坊
【フォーマット・デザイン】日下潤一
【フォーマットデジタル印字】飯塚隆士

落丁・乱丁の場合は送料双葉社負担でお取り替えいたします。
「製作部」宛にお送りください。
ただし、古書店で購入したものについてはお取り替えできません。
［電話］03-5261-4822(製作部)

定価はカバーに表示してあります。

ISBN978-4-575-66957-2 C0193
Printed in Japan